U0534926

百年中国 名人演讲

要陶冶美的人格

经亨颐 著

写在前面

　　过去的一百年风起云涌，波澜壮阔；过去的一百年百花齐放，气象万千。百年动荡，百年征程，百年奋斗。在这一百多年里，来自四面八方的声音响彻历史的天空，我们静心梳理，摒除派别与门户之见，甄选有助于后人多方位展望来路的篇章，于是便有了这套"百年中国名人演讲"。

　　聆听这历史的声音，重温这声音的历史，对于我们认识中华民族一百年来的发展脉络，景仰浩瀚天河中耀眼的先哲星辰，增强继往开来的民族文化自信，都将大有裨益。

演讲者简介

经亨颐（1877—1938），字子渊，号石禅，晚号颐渊，浙江上虞人。中国近代教育家、书画家。1902年留学日本。回国参加筹建浙江官立两级师范学堂，辛亥革命后任校长，并兼任浙江省教育会会长。五四运动时期，鼓励支持爱国民主斗争，倡导新文化运动，大胆改革教育。1920年1月，在浙江上虞创办春晖中学，并出任首任校长。1923年8月兼任浙江省立第四中学校长（两年后离任），春晖中学校务由代理校长主持。1925年参加国民革命，曾任国民政府常委、教育行政委员会委员、中山大学副校长。1930年被北平反蒋派推为中央党部组织部部长，遂被南京国民党中央党部开除国民党党籍。1931年5月，宁粤对立，参加广州反蒋派国民政府，同年12月国民党开四届一中全会，被推为国民政府委员。曾任全国教育委员会委员长。1938年9月15日病逝于上海。

目录

校友会成立大会致辞　1
浙江省教育会甲寅春季大会致辞　3
共和纪念祝贺式致辞　6
乙卯春季始业式训辞　9
乙卯校友会致辞　11
浙江省教育会乙卯常年大会致辞　13
乙卯学年终业式训辞　15
乙卯毕业式训辞　17
乙卯毕业生送别辞　19
乙卯秋季始业式训辞　21
乙卯新生入学式训辞　23

25　乙卯圣诞日祝贺式校长训辞

27　省会学校联合会操开始式训辞

30　运动会会长开会辞

32　乙卯冬季终业式训辞

34　丙辰校友会开会辞

36　丙辰春季始业式训辞

38　学校园开始临时训话

40　追悼会演词

43　丙辰毕业式训辞

45　丙辰毕业生送别会致辞

47　丙辰终业式训辞

浙江省教育会丙辰常年大会致辞 *49*

丙辰秋季始业式训辞 *52*

丙辰新生入学式训辞 *55*

丙辰圣诞祝贺式致辞 *57*

丙辰校友会致辞 *59*

音乐会开会辞 *61*

丁巳始业式训辞 *63*

丁巳校友会致辞 *65*

南北统一纪念日祝贺式训辞 *67*

植树节礼式致辞 *69*

国耻纪念日临时训话 *71*

73　蹴球优胜慰劳会致辞

75　蹴球优胜慰劳会优胜品受存训辞

76　丁巳校友会致辞

78　丁巳毕业生送别会致辞

80　丁巳毕业式训辞

82　丁巳学年终业式训辞

84　最近教育思潮

112　丁巳秋季始业式训辞

114　丁巳双十节祝贺式致辞

116　丁巳圣诞纪念式致辞

118　丁巳校友会开会辞

欢迎各师校职员学生演说词 *120*
校友会成立十周年致辞 *122*
国耻纪念训话 *124*
一师十周年纪念会致辞 *126*
教育无界编 *128*
浙江省教育会戊午常年大会致辞 *131*
戊午毕业生送别辞 *134*
戊午暑假修业式训辞 *136*
戊午毕业式训辞 *138*
戊午校友会致辞 *140*
学艺会开会辞 *142*

143 和平教育

146 愿牺牲就是新思想

154 对教育厅查办员的谈话

165 高师教育与学生自治

171 青年修养问题

175 人生对待的关系

181 本校的男女同学

185 勖白马湖生涯的春晖学生

190 我最近的感触和教育方针

198 人生训练之必要

203 秋季运动会开会辞

校友会成立大会致辞

1913 年 10 月

今日为本校校友会开成立会，溯本会之沿革，基于前两级师范校友会，相继改组不甚费手续，办理上便利之处不少。会员除新学生外皆为前两级师范校友会之会员，基本金亦为前两级师范校友会之基本金，即余仍主持本校今日之成立会，依然与诸君相见一堂，甚为可喜之事。学校之所以有校友会，以教员于教室授予智识以外，便乘此机会施其训练指导之手段，即校长职员亦得乘此考查学生个性。故有学校而后有校友会，且有学校必须有校友会，故校友会实教育上必要之事业，并无因学生之要求而允许者。校友会之性质不能独立，当以学校为本体，至其宗旨，曰振作校风，曰敦笃友谊，此则凡各种学校校友会所普有者。而我师范学校则有与其他学校特异之点，例如中学自学校系统上观之，有继续上进之性质，复入大学或高等专门，与社会尚未接近，若师范则为系统终止之阶段，一毕业即与社会相接近，故仅此数年所习所问皆为将来接近社会之练习，故师范学校校友会之设立非特振作校风、敦笃友谊已也。愿诸君于斯二者以外，凡为干事、为会员随时随事，或有为难当思所以为难之理由，交社会交际之预备，他日出而任事应有把握。至其成立之要素则有三：即学校教职员之热心，学生之本分及教职员与学生、学生与学生间之感情是也。而教职员之热心，自学生眼光观之而分为顺的热心与逆的热心之二种，学生之本分亦可分为正的本分与误的本分之二种。何谓顺的热心？即毕生所悦服之热心。何谓逆的热心？即对于学生加以干涉之热心。何谓正的本分？即遵守校规，谨奉师训。何谓误的本分？即误解校友会之本意，以师生平等为本分。以顺的热心与正的本分相遇，于是感情乃厚；以逆的热心与误的本分相遇，于是感情乃恶。故第三种要素由第一、第二两种生，然教职员唯一之热心固无所谓顺逆，而学生之本分正误之间宜加意焉，至学生与学生相互之感情尤当和睦，切不可存地方区域之私见。余之所希望于诸君者如是，愿诸君共勉之。

浙江省教育会甲寅春季大会致辞

1914年5月

今为本会第三次常年大会，例定春季举行。不幸亨颐丁母艰离杭，用误其期。时届今日，虽省垣以外会员，以有职守，未能莅会，时已不能再延。匆促开会，诸君子既不加责而惠然贲至，感愧何以。诸君子之莅斯会，必挟有共谋教育之热心。亨颐不敏，敢进以言。

盖自政府减政以来，国家积困，尚未少舒，教育已大受影响。微论裁并教育机关，废止小学问题，可否实行。而一般从事教育者，固已抱悲观，生悔心，以悲观悔心而从事教育，可危孰甚。

夫教育事业，是否完全依赖政府之事业？如谓因政府不提倡教育，而教育遂不振，余复何言。然细思之，则政府所主持者，形式上之教育而已，其精神上之教育，决不在政府而在一般教育者之心。政府而有摧残教育之事乎，亦不过摧残形式上之教育，而于精神上之教育，无与焉。

若因政府摧残形式上之教育,而一般教育者之心,未受摧残而自溃,则其平时对于教育,固已无积极之志愿,虽不摧残,于教育乎何用?问尝读柏来图(Plato,柏拉图)之《国家论》(今通译为《理想国》),"国家之统治者,非普通所谓政府。哲人实为国家之统治者,政府受哲人之统治为统治而已"。其言甚伟。今姑放低一层演绎之,政府事业,如财政、司法、军事,或不妨认为政府统治。至于教育,万不可认为政府统治,当认为哲人统治。财政、军事、司法,依国民现状之程度为标准。此等国家制度,无非抽象国民之共通心。以故政府统治之意义,含有国民自己统治之性质,独教育不然。如谓教育亦认为国民自己之统治,是犹令学校学生,自拟教科,成何事体?余故曰:教育事业,为哲人统治之事业。夫教育既为哲人统治之事业,则政府所统治之教育,不过一部分而已。政府统治之教育,稍受摧残,为害亦仅。教育者于此时,苟能以哲人统治之精神,群起而补救之,夫又何患。

今者,政府似有摧残教育之态度矣。一般教育者,极宜以哲人统治之精神,加意补救,方为正策,万不可因政府之摧残而抱消极主义,唯其摧残,更不得不抱积极主义。因政府之摧残而抱消极主义,是以教育事业为政府统治之事业,非哲人统治之事业,抑亦自轻教育矣。余对于政府之摧残教育,丝毫无悲观、无悔心。所悲观、所悔心者,今日教育界,以教育事业,为完全政府统治之事业,但知依赖政府,希其进行,不知以哲人统治之精神,自谋进行。则政府之摧残,真不可救药。

本会非主张教育独立者乎？教育独立，非仅指教育行政机关独立言。哲人统治主义，实教育独立之真体也。以教育为政府统治之事业，则教育行政机关，无独立之必要。以教育为哲人统治之事业，则教育行政机关，必独立而始能受哲人之统治为统治，其标准当与其他行政高一层，始有教育进步之可言。本会之性质，固与官厅直辖机关不同，即官立学校，亦与其他官厅直辖机关不同，何则？其他官厅直辖机关，纯然取政府统治之义。官立学校，则于政府统治之形式，寓有哲人统治之精神。至教育会，当纯然以哲人统治自待。故今日政府，既有摧残教育之态度，则所以补救之者，我哲人统治主义之教育会，实义无可辞。

亨颐忝长本会，已二载矣。对于本会，实无限抱歉，然决不敢抱消极，而所谓积极者，全赖全体之会员共同积极。本会自去年受官厅补助金，几有非辅助不能维持之恐，而亨颐以为不足恐，倘会员全体，以教育为哲人统治之事业，则当此政府摧残教育时，万不可无教育会。即无补助金，必有所以维持之者，若以教育为政府政治之事业，又何贵乎教育会。往者已矣，深望全体会员，暨今日之会长，以哲人统治精神，积极以自谋进行。本会幸甚，教育前途幸甚。

共和纪念祝贺式致辞

1915 年 2 月

一室之内有灯数盏，虽灯自为灯，而全体之光共通焉。一国之内人数万万，虽人自为人，而全体之心亦当有共通，否则无以言共和。夫"共和"二字，不仅自政体上解说，尤须自社会上人心上解说。所谓社会心，实为"共和"二字之真髓。世上无单独孤立之个人，故我之为我，皆为同样之社会我，此社会我与社会心，即国家精神之代表。五族人民皆有此心，方可谓中华民国之中华心。忆自武昌发难，全国震动，乃以汤武之大义，唐虞之大德，不数月而造成共和。今日二月十二日，为其纪念日，此日为共和肇始之日，即中华心胚胎之日。共和肇始之日不可不纪念，中华心胚胎之日，尤不可不注意，不可不研究也。

个人主义，伦理学上所不取，而极端的一般主义，亦失其自律的要素。自一般之所满足而求自己满足，自己满足同时一般亦满足，所谓良心的行为，与社会我、社会心有密切之关系。唯所谓一般者，其范围有广狭。如野蛮人以极小范围之种族，为其一般之范围，是己种族以外皆视为仇敌，故侵夺他人之财产为其理想。不得谓野蛮人之行为非良心的行为，盖野蛮人固自己满足，同时其自己种族亦一般满足。文化如今日，所谓一般之范围，断不可以种族为限。何以为限？曰以国为限。

自己满足，同时中华民国亦满足者，即中华心之所在。以国为限之者，国之内万不可有界限，而国之界限不可不严守之也。间尝曰，府界不宜存，省界不宜存，种族之界不宜存。妄唱世界主义者曰，国界亦何苦独存。斯言已将爱国之心付之东流，而所谓中华心亦无从说起，夫中华心与爱国心有相附而行之关系。爱国心为国家之生命，中华心为中华国民爱国之真谛。世界和平会之主旨，绝非废国家之主旨，废国家，人类必不能昌荣发展，而人类之运命尽。中华国民之运命，与中华民国同一运命，故吾人唯一之大要义曰爱国。

自己之所有物爱之更切，此人情所同。中华民国为中华国民之所有，今日之共和纪念日，即表明中华民国为中华国民所有之纪念日。自己之国与自己所有之国不同，自己之国宜爱，自己所有之国更宜爱。彼曰爱国，此曰爱国，倘爱国之精神不能一致，爱之适足以害之也。乱党且自鸣爱国，此误解自己所有之意，以为自己所有者自己一人可以自由处置之，则大谬矣。中华民国为中华国民自己所有之国，而非自己一人所有之国。即前所谓社会我、社会心，为自己所有之社会我、自己所有之社会心，而非自己一人所有之社会我、非自己一人所有之社会心。譬言之，第一师范学校为诸生个人所有之学校，而非诸生一人所有之学校。全体学生皆以教育为宗旨，即师范学校学生之共通心，而学校日臻完备。惟国亦然，全体国民必贵有共通心，而国始云安靖。共和共和，纪念纪念，其旨在斯。

乙卯春季始业式训辞

1915 年 3 月

岁历更新,第二学期又如期开课,想诸生年假回里者,家庭问父母兄弟姐妹,必以异常亲爱之情相待遇,此固无关于殷富贫寒,皆一致者也。第家庭以此亲爱之情相待遇,不知诸生之心理如何?诸生之家庭状况固不同,其稍殷富者,恐不免有少爷回来之习气,绝然换其学生之面目。于今日之社会程度、学校程度,亦无足怪,以近来之学生本与少爷无大殊,学校中不有学生少爷之称乎?余于此不能已于言。

少爷之名称,全然依赖父母,享现成非分之福,实为无用之代名词。所谓耐劳之气质,无从说起。其与学生之名称,绝然反对,诸生亦当知之。以绝然反对之名称,竟联称之曰学生少爷,岂非大谬。而今日各学校之学生,余谓称以学生少爷,名实并无不符。何则?学生本无少爷之态度,学校中且教之使为少爷。贫寒子弟在家庭间向无少爷之习气，一入学校居然学习而成少爷者不少，洒扫一切，家庭上之操作父母当之，而学校中则有校役，于是以家庭无仆隶为不满足。其结果本非少爷之学生，而传染学生少爷之习气，对于家庭施其少爷之态度矣。此学校与社会之不接近，社会对于学校之不信用，近来学校教育成绩之不良，此实为一大原因。诸生为师范生，当于此加之意焉。

即就本校而论，学生少爷之名称固早废，而余谓学生少爷之习惯犹未除也。此固与训练之程度有关系，亦与学校之进步有关系。本校自两级师范改办以来，不谓无进步，而与理想的学校，与理想的师范学校及师范生之本分，则相去尚远。但观去年开运动会时之状况，认为诸生自动之精神颇有可嘉，尤希以一时之兴味，成为经常耐劳之习惯。不特余所深望于诸生，诸生亦当自勉。查本校内部各部分，如事务上、教务上、舍务上，数年以来之比较，似关于舍务缺点最多，校长之不及注意亦有之。自本年当对于舍务加以整顿，校长之劳苦宜加增，学监之劳苦宜加增，而诸生亦因有劳苦之加增。首拟于组织上着想，所谓职生之分担，已制定寄宿舍规程二十条，级长及教室值日生规程八条，即须宣布。大致除例有室长外，有舍长周番生、自修室值日生、寝室值日生、教室值日生等职生之加设，其任务详载于规程之内，自本学期即拟实行。希诸生深明近来学生与社会不接近之弊，革除近来不良学生之习气，认为师范生之本分，教育者之天职，耐劳耐苦，其小焉者耳。

乙卯校友会致辞

1915年5月

今日为本学期校友会开大会之日，此次余因事北上，故开会日期迟迟至今。然例定大会，不能不开，且自本学期起，校友会精神上有因特别之原因必须改变者，故今日之开会尤为必要。本会自成立以来，各部成绩尚优，曷云必须改变？不知兹之所谓改变者，非谓从前之不善，盖迫于时势而有不得不改变者在也。校友会为附于学校之团体，有辅助学校教育之意义。今学校教育方针，自此次中日交涉后，当然趋重于军国民主义。军国民之义，与"尚武"二字，极相类似，以伦理上之内包外延而论，亦无甚相差。但或谓军国民教育，可包于尚武，或谓尚武可包于军国民教育。前清本省发起军国民教育会，官厅不许，后改名国民尚武会，而官厅许之。就此而言，尚武与军国民教育是有不同之点，其实不然。就国家言教育，必当言军国民主义，仅言尚武犹未足也。盖军国民主义为抽象的，而尚武为具体的，尚武为军国民主义之预备，又为军国民主义之内含。故学校当注重军国民教育时，校友会应注重尚武。校友会为学校之内含，校友会尚武之精神，为学校军国民主义之预备。本校校友会分文艺部、运动部，一文一武，一动一静。嗣后运动部宜实行其武且动，否则球之一蹴，与笔之一举何异？虽为运动部，未可以云尚武也，是所望于今后之校友会，再增其精神，以真正尚武为目的。余观北方各学校，其尚武之概较胜于南，远东运动会之占优胜者，盖非无由。本校以后于运动会当须急烈，尤当为普遍的而后可。譬诸行路，步行固迟，汽车固速。今之学生在学校读书犹乘汽车而行，人在车中推窗而观，一途茫然，虽有所见，仅及车旁所过之地。而况车行甚速，瞬眼即逝，其能详察周览而无遗乎？迨夫至一车站，亦岂能代表此地全境之风化习俗哉？故其行虽速，而所得者甚寥寥也。昔之读书犹步行也，虽无如车之速，然所至之境，其人情风俗，周览详察，分明无疑。故其行虽迟，而所得者甚多，处此短期五年之学校，犹之乘距离不远之汽车，全赖同车中相互观察，获益当不少。校友会之于学校，所谓联络感情、敦笃友谊者，亦犹是也。为学生者，倘不能收其放心，勤奋向学，视校友会如虚设，奚啻睡梦车中，不相闻问，茫然罔觉，迨至终点，下车而已，何所得哉？届期毕业，得无匮乏之虑者，吾未之信。欲速则不达，余实为今日之学校教育虑。自今而后，在校诸校友，对于学校之功课，及对于校友会皆当积极进行，尚武与军国民主义庶得同时并进焉。

浙江省教育会乙卯常年大会致辞

1915年6月

……尝谓兵力为外交之后盾,而吾谓教育为兵力之后盾。五月九日中日交涉之结果,可耻可痛。至于此极,已证明兵力不克为外交之后盾。倘今后之教育,不谋所以为兵力之后盾,则兵力永不克为外交之后盾。国家前途尚可问耶?军国民主义之教育,为此次全国教育会联合会一致通过,已有此觉悟。虽然,为兵力后盾之教育,绝非狭义之教育;为兵力后盾之军国民主义,绝非狭义之军国民主义。此不可不研究者也。

言教育而仅及学校,狭义之教育也。于学校仅加兵操时间,学武装,演射击,狭义之军国民主义也。于狭义之教育,施狭义之军国民主义,鄙人不甚赞成。恐刺激感情,不知涵养其潜力,则舍本逐末,于教育前途,绝非得计。故于学校教育亦宜取广义之军国民主义。耐苦操作,及种种锻炼,皆为军国民教育所当注意。当世之主持学校教育者，必表同情，固无烦鄙人琐述也。

　　学校教育而外，社会教育、家庭教育，所谓广义之教育，于广义之教育，固不可施狭义之军国民主义。而所谓军国民教育之潜力者，非于广义之教育，施广义之军国民主义不可。此今日教育上所当注意之问题，尤为吾教育会所当主张之事业。

乙卯学年终业式训辞

1915 年 7 月

　　光阴荏苒，忽忽一年又已终业。此学年中诸生等一般之操行、学业颇有进步，而于特殊之情形，有不容已于言为全体诸生警戒者，即少数学生有无故旷课之事。此风固不自本学年始，而本学年中若有增多之势。余揣无故旷课者之心理，无非依赖法令，不及授课时间三分之一，虽旷无碍，无所谓有故无故。又或以某教课素非所愿，平均及格已能升级毕业，则某课绝对不上，自恃不致留级。此种不良之意志，甚为诸生不取。

　　要之旷课仅受扣分之处分，即仅受学业之处分，至无故旷课则不特受学业之处分，且当受操行之处分，此不得不特为提醒。本校操行之注重诸生当已知之，学生成绩操行、学业并重，故操行化为分数，至可与学业相对平均。而实际操行之关系于成绩，且不独如此，有学业既受处分操行再受处分，无操行既受处分学业再受处分。且考查法亦不同，学业为历年平均，操行为逐年参考。例如第一学年之优点，在学业成绩直可与第五学年相平均而得其补助；在操行成绩仅于第二学年参考之，若第五学年之结果不良，则第一学年虽优亦无效，反之第五学年之成绩果优亦不咎其既往。此可见操行与成绩关系之重，师范学校原当如此。

无故旷课，受双方之处分，此不过法则之制裁，余所耿耿者且在实际。查故意旷课之学科，多为数学或体操。夫数学为小学正教员所必须担任之学科，师范本科毕业生而尚不能胜正教员之任，将何以自处耶？体操为本校所注重，尤为时世之要求，不可或忽。余料将来师范教育必有主课之规定，即国文、数学一门不及格不能升级毕业，待法则取缔而不得不然，抑亦失其自律之价值矣。据教务处报告，本学年无故旷课者，有吴维桢等19人，嗣后务各加勉。

宜警戒者警戒，可奖励者奖励，余既言诸生之宜警戒，尤喜言诸生之可奖励。查本学年中一次不缺课者有袁喜聪等7人，一次不请假者有金义庄等12人，勤学可嘉，堪以奖励。但请假或有出于不得已，不得已之请假，在学生时代当不多，以余思之，不过自身疾病、父母大故而已，其他事件例假中行，已绰有余裕，本无屡次出校之必要，而一次不请假者亦仅12人。俞子祥、何宝运二生，始于昨日下午请假一次，虽不在嘉奖之列，此次请假外出，或因将归购物，亦可视为例外。可见理想的条件之满过，殊非易易。第以请假与旷课较，则不旷课为尤难，盖现行校规，请假经学监之许可，旷课尚无此等手续，竟能不旷课，是纯为自律的行为，此余所最希望于诸生者也。

乙卯毕业式训辞

1915 年 7 月

校长训话诸生闻之已五年矣，关于学生之本分、师范生之天职、教育者之责任，以及时势之要求、社会之趋向、思想之新潮，于教课中、于仪式中已述其大概，诸生若能领悟而精益求精，已不愧为教育者。今日毕业式，犹有不容已于言者，与平时训话稍异其趣旨。盖平时训话多取积极方面，今日临别之言则为消极方面。不言诸生毕业以后理当如何，欲言诸生毕业以后勿宜如何，且理当如何实行过当时，亦有陷于勿宜者，不可不注意也。

教育者须具高尚之品性，余尝言之，第高尚之意义绝非自命不凡、与世不融之谓。教育者之品性理当高尚，而高尚过当则勿宜也。自命不凡，与世不融，高尚过当，将流为名士派。名士派非不足尚，无如近时之自号名士者，皆伪名士也。伪名士曷为乎来？必其有所欲而不遂，取消极态度，对于社会、对于国家表示异常冷淡之概。教育界而有是人,岂教育界之福耶?奈伪名士恒躲入教育界,教育者受其影响,或不免自怨不得志而同化为伪名士。此今日教育界之至可虑者也。

教育者绝非名士可为,何况乎伪?教育者与世无争,绝非与世不融,欲实行其教育之目的,且须屈就与一般人民相交际,此名士之所不屑为,而教育家所不得不为。教育者无所谓不得志,因不得志而闷恨以待,一旦钻谋得计即易其本来之面目,放浪邪侈,无所不至,此伪名士之所乐为,而教育家所不屑。诸生宜共勉之。"屈就"二字之意义,非敷衍也,非自侮也,亦非以生存竞争之紧张而自甘退让也,今日之社会,人人抱莫大之欲望不自知,谁非屈就?余之所谓"屈就"者,以极限之条件、经济的方法,希其成功之意。即为办学校,必需洋房、必需完全设备、必需若干经费,否则又不愿接手,我国教育不普及之原因,此其一端。成立一学校,殊不容易,此教育者之不愿屈就以成其事业,卒之不得屈就以旷其职位,不利于社会,不利于个人,莫此为甚。其他关于心性修养上不及详述,一言以蔽,毋忘校训"勤、慎、诚、恕"四字可也。

乙卯毕业生送别辞

1915年7月

黯然销魂者，唯别而已矣。古人以别为可悲，此我国首先心理的基础之特色，出自感情，不足为病。唯"别离"二字之意义，决不仅感情作用已也。感情之别离，故不免依依不忍之慨，而海内天涯，丈夫之志，更不可少。二十世纪之思想新潮，以良心普泛为主，以发展社交完成人格为尚，则别离且为必要之条件，余于今日之送别会亦云。

非别离则株守，今日之社会，固执己见僻陋成性者，几难容足，自我他我，且取且与，即各个人亦有自己别离之必要。自己不别离，则自己无发展。社会无别离，则社会不发展。树大分株，草木犹然，离其母根，始能发达。但分享非其时，则雨旸寒暴，未有不萎败者。试观此盆中之兰花，旁有幼枝，不可遽分，必须经一定时期之栽培。譬之在校生，自预科五年，即一定之栽培时期也。幼枝亦不无长短，譬之年级之区别，其老成者非分享不可。盖希其图自立而蕃殖同种焉,譬之毕业生。

是古今日之差别,为必须之别离,为及时之别离,草木之喻如是。而人之所以异于草木者,决不若草木之即离母根,绝无关系,如兰花分栽于他盆,各自生长而已。毕业诸君,自今日别离母校,别离校友会,决不谓与母校绝无关系,与校友会绝无关系。今日之别离,为形式上之别离,非精神上之别离,此今日送别会之诚意。毕业诸君,必有同感焉。

所可慨者,今日之送别会,就感情言,或不无依依本无足悲。别离以图发展,且为可喜。倘毕业诸君出校以后,改谋他业,何异移花接木。而分植之原枝,不复结同种之果,则原枝已矣。师范毕业生而改谋他业,则师范生已矣。今日之送别会所不忍言,无足悲者且大可悲也。

乙卯秋季始业式训辞

1915 年 9 月

自本学年始，本校内部情形有较从前格外纯粹之二点。一为高师图画、手工专修科已毕业离校。该科为前两级师范之未了事，附设于此，本为权宜之办法，虽事务上本系分立，而于本校教授训练亦不能谓绝不相关，自本学年始，纯然为第一师范矣。一为在校诸生，四年级以至预科，自今年始皆为余一人所招入，精神上似较为齐一，吾浙各校满足此条件者亦不多。性质愈纯，关系愈切，而希望与责备亦因而加进焉。

查上学年留级人数，未能较去年减少，且大半为旷课扣分所致，光阴可惜，嗣后宜格外注意。余极不愿诸生有留级之事，更不愿诸生因品行有留级之事。旷课扣分而致留级，实因品行之留级也。本校法则留级之处分亦重在品行，诸生能注意品行斯可矣。次言学业上之注意。部章虽尚无主科之规定，但自教育原理而论，非特师范学校，即小学校教科亦有轻重。所谓基本的教科，无论知识，无论技能，无论实质，无论形式，皆不可偏倚者，厥唯国文，立于各学科基础之上，而不能以学科之法理相绳。其不可思议之妙，可意会而不可言传，要非自律的追求，不能得也。且有鉴于去年毕业生状况，以国文之良否为聘请第一条件，与本校国文成绩之信用大有关系。嗣后诸生宜格外注意，以成此信用。其他各科成绩，弊在未能平均，余亦不希望一律平均，反涉消极。故自本学年起，拟定修身、国文、教育、数学四门为主科，有一门不及格者不得升级毕业。并非本校之单行办法，实对于部章之施行细则，诸生其各加勉，特于始业式明言以提醒之。

此次教育部召集师范校长会议，力求改进现行规程，或将有所更变，国家之注重教育亦可想见。此行极有价值，所以谋教育上、精神上之一致，国耻问题尤有密切之关系，诸生其领悟之。

乙卯新生入学式训辞

1915年9月

今日为新生入学式，故校长之训辞对于新生为主。诸生入校，今日听第一次之训话，试先与诸生言师范学校之特质。师范学校亦为中等程度之学校，且课程多与中学校比较而定，故料诸生之所以投考师范学校，或视师范学校与中学校相仿，其有以教育为目的而来者，不数数觏。此次入学试验复试口答，曾以此意问诸生，而诸生多以费省为答，可知诸生之来此师范学校，尚非正确之志愿也。以诸生高小毕业之程度，责以教育之重任，固非其时，而今日既入此校，首令诸生改换从前之观念者，须知师范学校之特质。未入学以前之诸生，与今日已入学以后之诸生，于人格品性及对于社会之责任，绝然不同也。

师范学校与中学校，全无连带比较之关系。师范学校培植国家需用之人才，中学校培植国家所有之人才，意义当然不同。至减收经费，不过行政上一种之方法，即国家之优待教员者，自师范生入学之始已受及之，绝非仅为诸生求学便利之意。倘志趣不定，即处此一日，改入他校，便为辜负国家。故既入师范，不能不有永为教育者之决心，不能不有非为教育者不可之觉悟。今日在礼堂第一次相见，入学式中诸生总代之答词，不啻对于本校宣誓。自今日校长承认诸生为同志，在学仅五年，为期甚短，当以教育者必需之知识，及教育上至要之理法，以恳切之意，渐次授于诸生。校长以何等慎重之手续，举行入学试验，于五百余人中仅取得八十人。诸生入学困难，而校长选取诸生则更难，非难在观察诸生正确之学力，难在观察诸生正确之志愿。一榜之揭示，深虑有志教育者之反被摈弃，而贸贸者仅以学力优胜而及格。所希特入诸生，志愿稳定，则虽有被摈，余亦不以为歉。

诸生入学于此，既宜知师范学校之特质，尤当曲体选取诸生之苦心。第念诸生从前之习惯、家庭之状况各不同，固不无优良之点，而衡以师范生之品性，教育者之人格，须精进以求者，正未有限。校长一人之训练暨诸先生之指导，亦不过提其大纲，最重要者莫如诸生之自动能力，而本校固有之校风，亦可为同化之亲利剂。在校诸生，对于新入学诸生，皆有先辈之资格，四、三年级诸生，尤应补助校长及诸教员指导之所不及，新入学诸生宜听从之。同学之感情逾于兄弟，"爱"字为教育之要诀。本校以此旨为训育之中心，即有时不得已出之以干涉手段，亦决无丝毫恶意于其间。在校诸生，固已领悟，新生等亦当先明此意，庶以后听校长暨诸先生之训话不致藐藐也。诸生勉旃。

乙卯圣诞日祝贺式校长训辞

1915 年 10 月

今日为圣诞日，即孔子降生二千四百六十六年之周期日。忆去年之今日，曾宣布校训四字。此一年中，诸生之心得如何，于今日仪式中，特令诸生默想。

今日又欲宣布新颁教育宗旨，奉巡按使饬文，有各学生每届考试应令摘默之语，故诸生须随时默诵熟记，特于今日庄严敬虔之仪式宣布，所以昭郑重也。其要有七：曰爱国、曰尚武、曰崇实、曰法孔孟、曰重自治、曰戒贪争、曰戒躁进。今姑不言其他，特就法孔孟之要旨，稍加演绎，凡修齐治平，皆可法孔孟。今姑不言其他，吾辈研究教育，先论孔子之教育，《论语》一书即一部大教育学，索其要旨，不外"因材施教、因时制宜"八字，故孔子之教育，纯正教育也。因材施教，对于人性取自然主义；因时制宜，对于时局抱中立态度。尊孔为教育界一致之敬仰，彼以孔为教，则非敬仰而为信仰，而孔子之教育，遂失其纯正教育之价值。夫宗教之教与教育之教，果何以异？宗教有时亦出于教育之手段，而必思以固有之教义感悟人性，不依人性之自然施其教育，无非一种不纯正之教育而已。是故以孔为教，全不知孔子之教育，并不知教育之所以贵纯正也。

宗教中立，为纯正教育之一义。推而言之，政治中立，亦为纯正教育之一义。因材施教、因时制宜，即包含于斯二义之中。十年生聚，十年教训，有预定之目的，施其教育，若在自国之内有此主张，便非纯正教育。对于外国不在此例，预定之目的出自政府，依国家之方针行其教育，而教育自身仍不失为纯正教育。故对于政治非抱中立态度不可，以时局而研究教育，不以教育而讨论时局，方为纯正教育之本义，亦即孔子因时制宜之道也。

省会学校联合会操开始式训辞

1915年10月

省会学校联合会操，发起于省教育会。承各校长之赞同，各官长之批准，今日举行第一次会操。鄙人忝为会长，对于学校青年诸君，虽无直接指示之责任，亦有乘机劝导之义务。今日集省会十校学生二千数百人于一处，亦最难得之机会，因述数言，以志纪念。

吾国近今之学校教育，体操不注重，无可讳言。非官厅之不提倡，非校长之不认真，非教员之不热心，非学生之不奋勉，推其原因，至深且远。直自汉唐以来，苟安太平重文轻武之积习，有以使然。至今日一般社会之观念，"文武"二字，已截然划为二途，如风马牛之不相及。夫苟安太平为重文轻武之原因，顾唯太平可苟安，不太平则不能苟安，即不能重文轻武。吾国今日当风雨飘摇之际，欧战未已，内乱未静，尚可谓太平乎？以吾辈之青年，谓时势造英雄可，谓英雄造时势亦可，尚得苟安乎？请今日到会诸君先一思之。

不太平不能苟安,遂奋身从戎,虽死不避,犹为治标之勇,尚非根本的纠正。鄙人不仅仅以此希望于诸君。寓兵于农,自古有之,寓兵于学,未之闻也。今日吾国尚无战事,亦无组织学生军之必要。今日之联合会操,绝非令诸君以从军,尤非令诸君徒效军人之外貌,不太平不能苟安,必须革去一般社会重文轻武之观念。庶全国人民皆知不太平不能苟安,否则学生数千人亦不过数千人,学生数万人亦不过数万人,于事亦未克有济。是故,今日之联合会操,如规则第一条所云,以结合精神、提倡体育为宗旨,并无军国民教育字样。诚以军国民教育为一般之教育,不在会操与否,而提倡体育又未始非军国民教育之预备。即先革去一般社会重文轻武之观念,军国民教育方可入手。故谓今日之联合会操与军国民教育无关系,则不可,而谓联合会操即所以实行军国民教育,则又不然。如谓联合会操仿效军人之操演,代谋军人之事业,学习军人之皮毛,便为军国民教育,是浅之乎,视教育浅之乎,视吾辈昧之者,固不足计较也。

古制礼、乐、射、御,文武本并重,而今日社会一般之情形及人民之程度,重文轻武,积习已深,骤使改革,殊非易易。故漫思社会一般人民文武并重,纵舌敝唇焦,听者藐藐。所希望者唯学校之学生,青年堪为社会之先导。好在学校中有文武并重之机会,有文武并重之设备。自今日起愿诸君结合精神,皆以挽救社会重文轻武之积习为前提,如因各校联合比较竞争,不得已临时预备,是专为联合会操而会操，又非本会发起此举之本意。务望诸君嗣后平日注重体育，并广为提倡，虽不言军国民教育，而军国民教育亦寓乎其中矣。

运动会会长开会辞

1915 年 11 月

今日十一月九日为本校开第三次运动会之日,距今日半载前之五月九日,为我中华民国忍辱忍痛之国耻纪念日。本校虽年年举行运动会,而今年之运动会,为忍辱和平后之运动会,可谓国耻纪念运动会。痛定思痛,凡今日参观运动会之来宾及本校全体学生,皆当有国耻纪念之毅力,与纪念国耻之决心,庶不虚此一举。

纪念云者,志不忘也。国耻纪念,非仅志不忘已也,纪念而仅志不忘,则对于所纪念之事无积极之准备,虽不忘亦无补。运动会固未可谓积极之准备,而亦未始非所以谋积极之准备。读大总统新颁教育要旨,首曰爱国,次曰尚武,即示我以积极准备之方针。凡我参观运动会来宾,皆以爱国之观念,希望于将来者,预卜于今日。凡我校全体学生,皆以尚武之精神,蕴蓄于平时者,发表于今日,则今日之运动会,与爱国、尚武两要旨有密切之关系,即于国耻纪念积极准备有密切之关系。

所谓爱国，所谓尚武，处今日时势，尤有相附而行之必要。爱国而不尚武，虽竭其心力，无以救目前之急。尚武而不爱国，则逞其血气，恐流为强暴之徒。今日会场中固无论运动者与参观者，皆有爱国之观念与尚武之精神，而运动会亦即所以谋爱国尚武相附而行之好机会。是故以运动会仅言体育，以运动会仅为学校发表体育之成绩，皆普通之谈，尚非中肯之论也。

运动会为学校行事之一，亦为教育方法之一，而其性质决不仅为学校教育，且为社会教育。爱国也，尚武也，仅于学校学生恐亦无济。国民即学生，学生即国民，今日尚非其时。非学生之国民，贵有以使之爱国者，为本校学生，以对于学校被教育者之资格，试其对于社会为教育者之事业，宜如何整齐严肃，以尽师范之天职。参观者为来宾，对于学校不为教育者被教育者，而今日之惠然肯来，绝非无心，对于社会必共负教育者之责任，此鄙人之所深望者也。

乙卯冬季终业式训辞

1915 年 12 月

本学期中,诸生之学行尚有进步,就全体而论瑕不掩瑜,好在诸生能相互劝勉,或自己觉悟,余亦心慰可喜,无何等特别之训辞。本学期旷课扣试竟无一人,尤为可嘉。今日终业式无他训辞,关于金钱稍有几语。盖金钱之所出入,皆与品行有关。本省巡按使为鼓励学生起见,特有奖励金之规定,用意至善。诸生中得此奖励者虽仅三十五人,而所以奖励之主旨及奖励之意义,全体诸生当知之。盖所奖在此而所励在彼也,可奖者必出于自好自愿,实无得奖所以奖之者,希其永能自好自愿也;所以励之者,唯其不自好不自愿也。奖励金不过每人三元,岂足以当优良品行之价值?而巡按使、校长之希望,则有无限之价值。奖励金之用意决不在受奖者之少数人,而在未受奖者之多数人,又不在受奖者过去学行,而重在受奖者将来之学行。此金钱之所入,关于品行不可不知也。

次言金钱之所出，亦有关于品行。可以金钱之妥用察其已成之品性，又可以金钱之误用左其未成之品性。他不具论，闻学年之修，诸生例有给与校役赏金之事，亦非正当，自本学期一律禁止。金钱不可看轻，亦不可看重。看轻失之浮华，为不正行为厉谐；看重失之鄙吝，非社会生活之原则。余尝对于金钱定有处理之标准，所入所出皆分三项：曰个人，曰家庭，曰社会。个人之所入，或储蓄，或营业，所得之利息也。是故个人之所入，仅以维持生活现状为准，因与所出必成常数，虽孜孜无益也。曷言乎社会之所出？即赏犒小费，及应酬之类，诚不可少，而非论于学生时代。学生之金钱，非个人所入之金钱，为父母、保护者所授之金钱，故使用仅唯一之标准，曰对于个人学行有益之金钱为限。

与校役以金钱，绝非无故也，必劳其力也，他人之劳，自己之惰，故有碍勤劳之品性。此等金钱之使用，即属于社会一项，学生时代尚未也。是项金钱之给予，对于校役有奖励性质，少爷之习气，非学生所宜有，余早拟禁止。曩以对于校役之同情，诸生所费无几，亦何苦出此两不见情之举？第诸生所费之金钱虽无几，特恐诸生所损之品性不可计，校长以诸生品性为重，不顾对于校役之同情矣。

丙辰校友会开会辞

1916 年 1 月

本会事业即学校之事业，学校之事业皆学生之事业。本校学生之事业，除正式教课外已不算少。试将本校一切学生之事业委于一人，益之如四年级生，为学生又为教生，须自修课外又须预备教案，为校友会干事，为国货同志会干事，为乐石社干事，为室长，为级长，有课外运动、农业事实习，又将实行分区，整洁扫除，可谓忙矣。

与其闲焉，宁忙。自弃者闲，无用者闲，失败者闲；自励者忙，有用者忙，得意者忙。吾国近状无人不忙，犹虑不及，凡衣食住一切物质的生活，皆由一"忙"字始得成立。劳动为国家之财产，亦即此意。所可研究者，忙、闲不均耳。今日社会上熙熙攘攘，忙者过忙，闲者过闲，忙者皆为权利而忙，闲者且有尸位之闲，不平之感，虽无足怪。要之忙有二义，为权利而忙与不为权利而忙；闲有二义，尸位之闲与失败之闲。但知为权利而忙，必有尸位之闲，必无失败之闲。但能不为权利而忙，为权利不可忙，否则贪。不为权利不可不忙，否则惰。勤劳者必忙，故忙即勤劳之状态形容词。吾校尚勤劳，凡吾校学生安可不忙？且学生之忙，非特不为权利而忙，且当以忙为权利。社会上熙熙攘攘之忙，或有空忙，学生时代之忙，为多产性之忙，益以效果言最经济也。

　　农事实习固忙，较诸农夫之忙，仅以收获为目的，而外勤劳之习惯于是养成，收获实为副产物耳。课外运动同忙，而于个人之多产性，为干事、为级长、为室长固忙，他日出而任事得有把握。余故曰：本校学生如有不忙者，直放弃权利，忙闲不均不得不引吾注意。查历届校友会选举干事，恒多熟手，第一次被选为干事，第二次且仍任某职干事，此非以忙为权利，余不以为然。思于会章加一条，任干事以一次为限，在校五年，全体尚不能遍及。自下学期校中拟增加事业，而校友会先为之预备。先有事业，后有法则，本校之特色。课外运动，虽定为章程，而历来校友会之提倡运动，实为此章程实行上之自律的要素。先有事业而后有法则之法则，必可实行；先有法则而后有事业之法则，未必可以实行；先有事业而后有法则之事业，必有成效；先有法则而后有事业之事业，未必有成效。深望今后校友会，再倡其他未有法则之事业，使全体校友多方地发展，白忙闲不均而达于皆忙，犹有增多余地也。

丙辰春季始业式训辞

1916年3月

年符一易，闻国体变更，民国五年已宣布改为洪宪元年，教育上似有改更方针之论。校长之训话，其将转共和之舵而倡言君主乎？同是一人得毋先后矛盾，无以为语乎？抑置之不理，姑为观望以待解决乎？此或诸生所期望，而余亦不能已于言者也。一言以蔽，不论国体变更不变，教育决不变更，非不愿变更也，不必变更也，纯正教育原如是。首宜研究者，教育对于国体为积极的鼓吹乎？抑为消极的防止乎？由前之说，民国时代盛倡共和，必使人民养成放浪自由之习气，教育者岂所赞同？故共和国家，教育上本非积极地鼓吹，其焰炽当为消极地防止其流弊。曩言共和与道德，及共和即众心结合之意，皆为防止共和之流弊起见，是故共和流弊之方向，与教育之方针不一致。若国体改为君主，教育上亦非积极的鼓吹，仍为消极的防止。而教育之方针初无变更，共和流弊之方向与君主流弊之方向，固东西相反，教育则衡其太过不及、自左自右，仍不失为南北方向也。

共和与君主何以异？所异者其流弊耳。共和国家不可无统治，君主国家不可无结合，教育上决无何意见之歧异。读吾国历史，兴亡成败，改革无常，不外少数人之争夺与多数人附和而已。此争夺之少数人中固无教育者，即附和之多数人中亦无教育者，教育为纯正之事，教育者为纯正之人。共和之流弊譬之糖，君主之流弊譬之盐，纯正教育譬之清水，多量之清水能溶化糖与盐。至于无味教育之力，能融化共和君主之流弊而归一致。所谓人性即清水，余故曰教育对于国体为消极的防其流弊，对于人性为积极的图其发展。

且国家与社会之二名词，教育上之解说亦有不同。概言之，教育对于国家为间接之主张，对于社会为直接之主张。移风移俗，对于社会而言。对于国家主张，为对于自国以外之国家而有主张，非对自己国家而主张，若对于自己国家而有主张，绝非教育思想而为政治思想，所谓教育亦不纯正教育也。纯正教育，名词之外延大于国家道德的生活，无论共和君主无不适用之。余今日训话之主旨，并不在言共和君主，而在言纯正教育之真义。处此时势，教育者尤宜自命为纯正之人，而后可行纯正之事，诸生宜共勉之。

学校园开始临时训话

1916 年 3 月

寒假之后,虽非学期开始,全体诸生亦一次散聚,加以新定及修改各规程之宣布,故有今日之训话。本校学校园,始于去年得校后余地妥为计划,自即日起令全体诸生分别从事实习,今日特行临时训话,使诸生先明了学校园之观念。查师范规程,应设学校园,又云设农业科者须有农事实习场,当然包含于学校园之内。学校园范围内学生之作业不外农事实习,可知农事实习亦不仅限于有农业教科年级之学生,即有农业教科如四、三年级学生之随事实习,亦决不如理化之实验而已。他如养成勤勉之习惯,及意志之陶冶、实习的趣味、审美的感情,皆有密切之关系。故以农事实习为全校诸生修养品性之要举,不仅为四、三年级寻常实习已也。学校园之名词外延甚大,本校学校园除森林另觅地筹备外,校后余地中间划一大圈,为农场通路,为徒步练习,亦一举两得,圈内为果树园,圈外依学校分为十区。今日临时训话,即校长与诸生在礼堂行承交之手续,固非寻常佃户可比,不特希望农作收获之发达已也,而所以使农作收获发达之品性成绩尤为可贵。以农事喻教育,以草木喻人性,古有恒言,种瓜得瓜,种豆得豆。孟子牛山之譬、一曝十寒之叹,诚以农事之原理与教育之原理甚相吻合,而二者关系之密切,尤大可研究也。

余尝谓农事为有形之教育,教育为无形之农事。师范生有农事之实习,得使教育家有实业之兴味,此种影响及于教育,更有莫大之关系。教育与实业有必然之结合,余有一论载于《教育周报》,可以一读。今日更进一层,教育与实业之结合,此实业指农事而言。无农业,工无以制造,商无以运输,犹之无教育,不足以言政治军事也。以农事之原理,揣教育之效果,教育者故无成绩渺杳之叹;以农事之效果,引教育之兴味,教育者始有精神研究之心。校训第一字曰勤,农事与教育均为不可少之要诀。不勤农事,必无收获,教育安有效果?希诸生将来于教育实际得良好之效果,可观诸生今日于农事实习,有美满之收获,宜共勉之。

追悼会演词

1916年3月

本校开追悼会已不一次,或犹未解追悼会之本意,予今日欲就此问题稍加讨论。曷谓乎追不及之谓也,非今日死者,今日始追悼之故,应康死已逾年,亦宜追悼,即昨日死而近日开会,亦莫非追悼,断无必须死后经若干时间始可追悼也。是故临死片刻之后,便是追悼。然则临死片刻之先,悲苦相交,便非追悼,而为豫悼。吾辈无不死,虽寿达百岁,亦不过数十年之生存,自无量寿佛观之,当不辨为豫悼为追悼会。故今日之会,对于死者为追悼会,亦无不可,谓吾辈互相忏悔、相会警戒之豫悼会。死何必悼,未死不必豫悼,既死岂必须追悼。人事吉凶豫贺,吾闻之忌言。豫悼果何意欤?此其间含有哲理的问题。以死为苦痛乎?以死为快乐乎?此言大可研究。不必豫悼,以死为可痛也,然则必须追悼。以死为苦痛乎?以死为快乐乎?余以为未可遽断。就表面而论,追悼为哀死者之事,曷为乎哀？哀其苦痛也，是以死为苦痛也。而予观有时开追悼会之用意，一若故事表扬，欲使生者不畏死，如军人之追悼会，即有此种性质。男儿沙场之概，且为追悼演语。劝生者不畏死，是以为快乐也。追悼会之本意，非稍有冲突乎？乐天主义与厌世主义，本为伦理学上反对之二说，其待解决此二说，始可言追悼会之本意乎？自二十世纪，伦理思想之进步，以道德随时代而变迁发展，非千古不易之理。凡古来反对说之悬案，皆可解决。例如"善恶"二字，何谓善？何谓恶？实为相对名词。前儒性善性恶之争，其基本观念犹以道德为不易之理，不然善恶且无定义，性善性恶，焉有定说？快乐苦痛亦犹是，何谓快乐，何谓苦痛，且无定义。以死为快乐，以死为苦痛，焉有定说？快乐苦痛，既无定说，则生死实不成问题，可知追悼会与"生死"二字竟绝无关系者也。

　　生死不成问题，此言不可误解，非生不足重、死不足惜也，不为生死问题而追悼之意也。曷为而追悼？曰为同学感情而追悼，不但生者与死者之感情而追悼，且为生者与生者之感情而开会，不论生者死者感情之存在一也。夫社会的生活，有肉体方面与精神方面，肉体有代谢，而精神无所谓代谢，即肉体有生死，而精神无所谓生死也。人生以精神方面为重，则生死不过躯壳之存亡问题而已，是故哲理不言悲。今日开会追悼，异地香花，衷心敬虔，且有一种团结精神之壮气。种种悲词悲文，不过我国道德情的基础之特色。理性之作用，自然流露亦应有之事。而今日乘追悼会之机会，偕来灵隐，徒步演习，裨益卫生，野外风景，饱吸不少，同学感情，因以增进。此实为今日追悼会要重之价值，亦学校所以有追悼会之本意也。死者长已矣，自非金石，荣枯有常。第芳春桃李，不当有残枝之折，相期吾辈共学长生。顷闻述行状时，有睡不闭户，器械体操为致病之由，因噎废食之谈，余不以为然。平时运动，决不至此。三生不遵余言而死，且须追训，互相警戒，须从积极方面进行，绝不可做消极的主张，此予所屡言而切望者也。

丙辰毕业式训辞

1916 年 7 月

今日与毕业诸生在校中行最后之训话。校长与诸生相处五载，忆当年入学式，对诸生行第一次训话，恍惚如昨，今日毕业，较入学时进境不少，即校长唯数学半，自间进境亦不少。余之进境，为余于毕业后之进境，推己以及诸生，则诸生今日以后之进境正未可限量。今日之毕业式，为对于过去五年之结束，亦为对于将来无穷期之起点。当年入学式之训话，效力不过五年，今日毕业式之训话，效力无穷期也，概言之欲引起诸生毕业后之进境。小学毕业而入中学，中学毕业而入大学，毕业后之进境无待言。孰知诸生师范毕业，未授未受之学问，较他种学校更多，若仅就所需用之知识，与在校所获之知识相较，自表面观之，已有余裕。今日吾国教育界之情形，与一般之观念，小学教员与教育家似非同一人。查师范教育之目的，曰养成小学教员，不曰养成教育家。师范教育是真意，与所列教科之主旨，决不仅养成小学教员，而所以不曰养成教育家者，诚以教育家不可以他律的养成，非自律的养成不可也。诸生在校五年，不过他律的养成为小学教员，尤望诸生今后以自律的养成为教育家。今日毕业式，校长只可证明诸生为小学教员，不敢证明诸生为教育家，留以待诸生之自己证明。当仁不让，青出于蓝，校长有厚望焉。

今日与诸生依依作别，一若家庭之子弟将远行，临别欲言不尽，有一决心，让他自己去做人。今日余之状态亦如是，嗣后唯听诸生之自己活动、自己发展。社会虽险恶，而教育界尚算风平浪静，好自为之，勿招顾忌。今日临别特叮嘱一言，师范生口中，切勿露出我们教育界一语。盖教育界之称，实为非教育者之口头禅，非故意不言教育界，余以为教育实无界。教育界一语，既违教育原理，且为教育前途召险恶之由，诸生宜切记之。师范教育为教育教育，与其他工业教育、商业教育不相并列，取其主词为形容词，人尽可师，无所不是教育，决不若工商业之有特别范围。师范教育之所以不称专门，即并无其他专门相对待，包含无遗，无不专即无所谓专也。教育以国家为唯一之范围，即无所谓界也。师范毕业生可视为一个与世无争之特别修养团，对于教育，指导改良，固当然之责任、应尽之天职，勿浅见自囿。切实做去，必有成功之一日。诸生勉旃。

丙辰毕业生送别会致辞

1916 年 7 月

　　人事变迁，聚散无常，社交上所以有送往迎来之事。曰变迁，曰无常，孰送孰迎者，何时送何时迎，皆不可预期也。吾今日之送别会，虽亦为社交之雏形，而今日送别会之性质，与社交上送往迎来之意大不相同。学校不消灭不解散，继续进行，无所谓变迁也，同学五年，聚散有常也。每年必有一次送别会，三年级今年为送别者，明年即为被送别者，二年级再经二年，一年级再经三年，预科再经四年，必皆为被送别者，何时送何时迎，非不可预期也。人事无常者，人事立于社交之上，教育之人事立于社会根本之上，故社会上人事虽变迁，教育决不随之而变迁。今日可预期之送别会，送别经营不变迁之教育之有常之人事之师范毕业生，希各于不变迁而有常一语加之意焉。

　　经营不变迁之教育有常之人事者，贵有不变迁之目的，与有常之志愿。毕业诸校友，必具有不变迁之目的与有常之志愿。今日之送别会，亦为不变迁之送别会，有常之送别会。毕业生离校后，必预期每年斯时百同学由学校送别而相遇于社会，即五年以后之毕业生，与今日之毕业生暨从前之毕业生相遇，不关于同时在校与否，必欢欣认为同学。试思从前之毕业生，与将来之毕业生，既未同时在校，不聚而聚，则今日之送别会，亦散而不散。此不聚而聚、散而不散之机关，即本校毕业生所组织之明远学社。

明远学社成立于去年，取旧贡院"明远楼"之二字，自贡院改办学校以来光复毕业生及职员皆为社员。乘今日送别会之机会，特整明其趣旨，以告毕业生之新社员，并以告在校诸校友未来之社员。教育既为有常之人事，尤贵有一致之精神。吾国今日教育事业殊多反复，而所以使然者，在无一定之主义，又安有一致之精神。甚至同学有以意见歧异而互相攻击，虽彼者各有正理，而反对之意见正负相消，教育事业遂等于零。长此以往，虽经数十年，可断言全无效果。社会上之真是非，事实上之真效果，教育上之真成绩，皆存在于"洽善"二字之中。此次毕业生仅三十一人，今日离去母校时，必抱同一之思想，而与从前之毕业生及将来之毕业生，亦须融洽一气，是是非非，悉以母校为标的，切不可独树一帜，以矜奇立异。在校时之一望和乐，为明远之风，出校复之协力同心，为明远之德。愿吾全体校友共具不变迁之目的与有常之志愿，协力以经营不变迁而有常之人事，此人事锡以名曰浙江明远派之教育。

丙辰终业式训辞

1916 年 7 月

今日行本学年终业式，为一学年之终局。此学期中，时务扰攘，几至决裂，所见所闻，大可为心性锻炼之助，至今日亦勉强告一终局。诸生归去与父兄及乡民相见，恐多乱道，故今日特为诸生言处时要点，以作谈话之准则。

袁世凯氏一人死全国活，其死之日，即停战期满之日，可为心理学之一实验。良心之责备最严，心受良心之责备而死，心死人必死，亦为伦理学唯心论之一证据。自作孽不可活，国人可以警戒，可以觉悟，更可为教育学之一大训练。第此实验此证据此训练，效力所及之范围，犹可研究，自余思之，亦不过吾辈或将来之青年而已。今日社会上政界上之昏昏者，亦未必警戒未必觉悟，一失败，一优胜，失败者亡，优胜者兴，为王为贼，易地皆然。当年袁氏劝清帝退位而为总统，不数年劝其退位之情形，与其劝清帝如出一辙。袁氏不以清帝退位而警戒而觉悟，今日之劝袁氏退位者，亦不以袁氏者之失败而警戒而觉悟，则第二袁氏、第三袁氏，安知不再生？今日之劝袁退位者，他日不为彼劝耶？且第二、第三之袁氏，不限于今日之党袁者，安知非今日之敌袁者？或曰袁氏虽死，袁党未除，仅以死灰复燃为虑，抑何成见。余以为袁党即尽除，死灰虽不复燃，而火柴火油尚不知多少，燎原之恐，亦意中事也。

余为此言，非故作危言也，非表示悲观也。共和之义，本不能作太平解。近来国人心理，有共和反致扰乱之怨言，此实未知共和之真意。余谓不关于袁党之尽除不尽除，中国之共和，希望每享太平，尚早尚早。共和何益，国人多未知之，大都希增加肉体上之快乐者居多。共和固有快乐之增加，而所增加之快乐，绝非肉体上之快乐，为精神上之快乐。且一方面增加精神上之快乐，他方面必当增加肉体上之苦痛，盖快乐与苦痛之比为一常数，即

$$\frac{苦痛}{快乐}=1$$

此式伦理学上有最透彻之理论，亦吾人快乐苦痛平均负担之定则。一言以蔽，吾国今日之共和国民，随时宜卧薪尝胆，不徒袁氏虽死帝党未除之期间已也。

次言袁氏失败之由，皆曰欺诈不能成功。余为之解释，谓之有欲望而无思想。欲望与思想何以别？欲望者，即为己之思想。思想者，即为人之欲望。如能斟酌于人己之间，即欲望与思想相调和，而为适当之自己发展。呜呼，利己主义之病根已深入国人心坎。有欲望而无思想，袁氏特为之代表耳。欲望紧张，思想枯竭，此中国之病案。能忍肉体苦痛借增精神快乐，调治之法，无过于是。希诸生传及乡民，幸勿候作危言，至嘱至嘱。

浙江省教育会丙辰常年大会致辞

1916年8月

……孟子曰:"先觉觉后觉。"王阳明曰:大知觉小知,小知觉无知。自近世教育列为科学,流为局部的研究,古训之精神,不觉愈趋愈远,时俗之批评,视为无效无能。吾辈从事教育者,固不宜因噎废食,然亦不可不加意精求之。教育学不云目的、方便二语乎?教育为有目的之事,人尽知之,教育不过为一方便之事,或未之论。试从思想基本上观察,教育绝非原始之点。哲学也,伦理也,教育也,在科学系统图中,恰如三代。大知之哲学,觉小知而为伦理;小知之伦理,觉无知而为教育。是故,教育为伦理之方便,伦理为哲学之方便。曷为言教育,欲发展伦理思想耳;曷为讲伦理,欲发展哲学思想耳。大知之哲学,不能普遍,降其格而易其名,即是伦理;小知之伦理,又不能普遍,降其格而易其名,即是教育。可知哲学、伦理、教育有系统的关系,若但就教育而言教育,所谓局部的研究，其最上成绩，不过教授训练，无一不合教育原理。教育者之眼光，不出教育学一书之外，征之近状，已不可多得。余犹以为未足者，非好高骛远也，对于吾浙特有所期望焉。

人类之阶级，以财产分，则消长无定；以权势分，则变迁靡常；唯自理性分，则不外先觉后觉两种，教育者与被教育者即其代表。盖教育者觉无知者也，觉无知者必须有小知，降格之哲学不能普遍于全国民，不可不普遍于教育者。余故曰教育者皆当以小知自居，不必过谦，若过谦便非真诚之教育者，已失其先觉之资格。大知之哲理虽不宜责诸一般之教育者，而独于有大知如王阳明等之吾浙，其影响于现今之教育果何如？其关系于吾浙教育优良之誉又何如？参观吾浙教育者，初不解吾浙教育之特色在何处。吾浙人自问，亦不知优在何处，良在何处。近数年中行政之计划，蒙上欺下，瞒不过吾辈之耳目，一言以蔽，非特无进步，暗中实大有摧残，无可讳言。至若社会上自谋进行如教育会等，则又沉寂无所表现。抱悲观者，佥谓精神涣散，腐败孰甚。身任教员，不知教育原理者比比皆是，求其局部的研究犹不可得。不分教育者被教育者，昏昏焉处于无知之中。阳明不生，谁能觉之，谁能自觉，欲言进步难矣哉。

虽然，教育者犹是人也，以今日对于教育者之待遇，及行政上不完全之计划，欲睹理想的效果，未免过分。况教育如此普泛之事业，本不易见显著之成绩。以局部的研究，发为表面的形式。某省之所以自夸，鄙人窃不取焉。

吾浙教育近状，沉寂无闻固有之，而其所以沉寂之由，绝非昏昏无知。且恐以大知自居，固守己说，不欲轻以示人，不屑局部研究。此不可谓非吾浙教育之特色，亦不可谓非吾浙教育之缺点。或即吾浙教育所以沉滞之原因，承其特色，纠其缺点，本会当负其责。吾浙学派歧多，宜思有以融合之，先进后进，宜思有以联络之。省教育会为吾浙唯一之教育会，凡有志斯道者，尽是本会会员，何拘拘于入会之手续，断断于资格之成见？鄙人知识浅陋，不敢妄定学说，唯思想与时代，亦有增进，似宜参合新旧，造成合一之新哲理，觉小知觉无知而发为新浙派之教育。……

丙辰秋季始业式训辞

1916 年 9 月

与诸生暂别四十五日，秋风乍至，又届开课时矣。今日如期开学，即行始业式。诸生到校已达二百人以上，尚堪嘉许。诸生于此数十日中，无师长之管束，如仍不违校训，斯为自律之确证。今日令诸生各反省之，暑假中有无不正之行为？若以放假为暂脱牢笼，则今日来校必怏怏不乐，他日毕业出校，更可想而知，暑假实一循例之举。今年暑假中无一日盛热，风调雨顺，时和年丰，亦吾浙之幸福也。

本校自本学年起，学生十学级已满额，嗣后新旧进退，永成常数，内部组织及教授训练诸端，虽稍有把握，尚未敢云不易之法。校长自任事以来，自忆每学年每学期必小有改革，非好为翻新，研究之结果，不得不然。吾国教育事业，茫茫无所标的，若拘守惯例，安望改良，唯所拟改革之法，切实施行，犹虑以学生供实验之用。此固校长等所竞竞自勉，再能精求数年，则校中一切方法，或可逭为常规。兹就本学年所拟改革者，于今日始业式特提示之。

国文宜注重，已言之屡矣，本校定四主科，国文实为主科之主科，但从前尚不过对诸生先事提示，自本学年则将于教授上实行改革。或谓国文非实质的陶冶不可，盖道德文章，以多读书为唯一方法，古人求学之道诚如是。余非反对此说，须知学校肄业与终身求学不同，在学仅五年，若取实质的教授，得此失彼，挂一漏万，在所不免，自成国文教授成绩之不良，实坐此弊。兹问题颇大，因无须为诸生言，而诸生不须有好高骛远之野心，仅以此五年为读书期，则大谬矣，毕业时国文但求通畅为度，某某等虽尚未读过，决无愧也。

自本学年各主科皆设主任，修身、教育暂由校长兼任，国文请夏丏尊先生，数学请朱听泉先生担任，以谋统一联络。上学年成绩，有因主科不及格而留级者，嗣后其各加勉。校长但言主科主科、注重注重，独不思诸生之体力乎？或有倡减少教授时间之议者，此但知学生体力不支，尚未明形式的教授之真意，试以简明之理述之。现定师范学校课程，每星期以三十六时为极则，各校自修规则，每日不过二时，故教授时间与自修时间适三与一之比，即三时所授之教课，以一时之自修，能否了解？此为形式的教授最重要之问题。若大学及高等专门教授时数减少者，非大学及高等专门学生可游戏也，其自修时间须增多也，每日授课虽极少至二时或一时，必须其有六时或七时之自修，此种教法，亦无不可。总之教授时数与自修时数之和为常数，教授时数增，自修时数减，为形式的教授之倾向。彼思纠正注入教授，而至减少授课时间者，岂非自相矛盾？故教授时间与自修时间之关系，为教员者固宜负完全责任也。

校长与诸教员研究之结果，对于此问题，已拟有办法，今日特为诸生言之，可借作自修之标准。前言教授与自修时间为三与一之比，而各教科性质不同，且各学年支配不一。主科国文、数学，自修时间宜多；乐歌、手工，虽非主科而为技能教科，自修时间亦宜多；余所授教育，如能悉心听讲，约经教授四时自修一时，必能了解，数次经验，均如此预计；修身虽亦为主科，与教育及其他非主科各教科均可一律论。故特以国文、数学、乐歌、手工，教授自修定为二与一之比，其他教科，定为四与一之比，至各年级稍有出入之处，由各学级主任妥为接洽。总之诸生嗣后不至有自修不及之虞，体力不支，更不成问题，下午课后至晚餐前及早起上课前之时间，纯为学校园课外运动及整洁之用，不得推诿。切嘱切嘱。

丙辰新生入学式训辞

1916 年 9 月

入学式与毕业式，为学校例有之年中行事，形式上虽为一去一来，精神上绝非一增一减。新入诸生，于投试学生八人中取一人，入学颇不容易，但入校后为本校学生则甚易；欲为本校优良之学生又不容易，而本校毕业后为优良之小学教员则又甚易。须知容易之事，必经过不容易之关节而成，世上原无天然容易之事。入学不容易，始入学有决心，对于学校自有信仰。观吾国学生青年，入学某校常抱不安心之态度，非其志愿之不安，为对于学校无信仰而不安。所谓试读，为学生试学校，非学校试学生，朝夕思索，去留不定，难乎其为学生矣。本校情形，征诸近年入学诸生，固无此种心理，各教员之热心指导，久于其职，亦有较他校不同之点，校风已著，在校高级学生皆有先辈资格，堪为模范。诸生既入此校，可安心读书，无容多虑，诸事多有定，则不致无所适从，故曰为本校学生甚易。唯本校训练之标准较高，在他校已算优良之学生，本校尚有批评，欲得甲等操行成绩殊不容易。年级递高，标准亦异，而对于新入诸生之训练，则唯"服从"二字。嗣后渐渐启发，期于自律，乃至毕业，始成完全人格，庶不至离去母校，顿失依赖，出而问世，游刃有余，不愧优良之教育者。盖今日苦，即将来之乐，在校时难，即出校后之易也。

　　本校为师范学校，即人格专修学校。此所谓人格，与普通所谓人格别有一义，教育者对于社会一般不可无牺牲性质，能适应时俗之好恶，方为教育者特异之人格。以大厦喻国家，以人才喻栋梁、柱石常闻之，然构成大厦最要之关节，则为此凸彼凹相接合之斗榫。若无斗榫，虽栋梁之材不足用也。且既有栋梁之凸榫，若无柱头之凹榫，虽栋梁之材亦不足用也。今中国栋梁之材不患不多，所缺者凹榫之柱石耳，倘柱头亦是凸榫，大厦其何以构成耶？政治家也，元勋伟人也，皆为凸榫之栋梁。教育，立于社会基础上之事业，教育者相当于柱石之材，彼凸我凹，与世无争，始无不合，否则即失其柱石之资格。凸榫者何？权利而已。今日诸生既入学于此，已取定为国家柱石之材，校长第一次之训话，即是凿成凹榫之准线。其各勉旃。

丙辰圣诞祝贺式致辞

1916年10月

圣诞已改为八月二十七日，非固执考据家之一说，圣人固希其早出世一日也。固执一说，便非孔子之道。孔子之道，一贯之精神，唯一"仁"字，与佛教之慈悲、耶教之博爱，为世界三圣人彰彰之大德。而仁与慈悲、博爱，不无区别。盖慈悲、博爱，为对于佛，对于上帝取人类绝对之平等主义。孔子之仁，绝非绝对的平等主义。唯仁者能好人能恶人，以直报怨，以德报德，好恶怨德，宜有分别。有慈悲、博爱之念，而不执慈悲、博爱一定之固说者唯仁。此孔子所以脱离宗教之羁绊，而集哲理之大成者也。

修养之道，亦以不固执为第一要义，即道德的事项，一味坚持，亦未免流于太过而失其价值。如本校盛倡爱用国货，有少数学生甚至病不服西药，书不读西文，且闻有以风琴五王线为外国之谱，不愿上音乐教课，岂不可笑？有好恶活用之能力，便为自律之基础。倘固执不化，师长之言，且不入耳，孔子之道，相去万万，亦至可怜。某生以固执而不受教训，卒至除名，可引为前车之鉴。固执云者，事关一己不听人言之意。若事关团体而不能变通者，则属法则性质，不得视为固执。而固执者且视为固执教人，更可恨也。孔子之道，已定为修身之大本，因时制宜，毋固毋我，诸生其深思之。

丙辰校友会致辞

1916年10月

凡一事业，必有终极之目的，我校友会终极之目的，果何在乎？会规第一条所云联络感情、敦笃友谊、锻炼身体、修养精神，似则似矣。蹴球也，演说也，刊杂志也，习射艺也，聊以救学校生活之枯燥，所谓终极之目的，固别有在也。夫事有大有小，有显有潜，小者大之基，积沙土而成山，潜者显所伏，蓄蒸汽而降雨。但小而大潜而显，先后必改其名称。小者曰沙土，大之则曰山，潜者曰蒸汽，显之则曰雨。我校友会事业亦如之。四年级之会员，犹九仞之沙土，饱和之蒸气，一转移间小而大潜而显，改其名曰，明远派之教育。

吾浙师范毕业生尚不多，本届议会添设十一处师范学校之议已成立。将来教育之发达，固可预祝，而有利有弊，主张之错杂、意见之纷歧，亦堪过虑，至若争夺位置，互相倾轧，尤为教育前途莫大之危机。明远学社之成立，绝非树立门户。我校友之于明远社,当视为我侪发展教育精神之团体,绝非巩固个人权利之机关。学理之争,尚属高尚。然非在毕业前固结其精神,则毕业以后,营营逐逐,鲜能免权利之争。沙土不积,蒸汽不凝,焉能成山成雨。小者潜者之未善,其于大者显者可知。故我校友宜未雨绸缪,毋临渴掘井,平日在校,先涵养其小者潜者,以培其基,植其根,则他日离校涉世,发而为大者显者,必有可观。此我校友会之终极目的也。

音乐会开会辞

1916 年

今日本校为演习音乐起见，试开音乐会，蒙各界来宾光临，不胜荣幸。本校非音乐专门学校，平时亦无专攻的练习等。观吾国现今教育需要上，音乐似不可不稍加注意，故于师范学校应行研究范围内，勉力预备，乘联合运动大会前一日之机会，教育家齐集省垣，借伸欢迎之意，并希指其不逮，共相商榷。人类有感情作用之特征，而感情与伦理之接近，尤为吾国道德心理的基础之特色，宜如何维持，如何助成，教育上大可研究。夫感情之生，有触发与自然之别，触发之感情者，因事而生感情，感情在事之后，而演成行为；自然之感情者，由感情而成事，感情在事之先，而涵养品性。吾国文学具有触发感情之特色，倘无自然之感情以调剂之，恐枯竭而必致破裂，可以调剂触发之感情而供给自然之感情者，唯音乐是。

近今学校教育，音乐已列为一科，而教授之是否适当，尚待研究。自余观之，仍不免偏于触发之感情。以雄壮、勇猛、激昂、慷慨为音乐唯一之能事，则音乐仅为感情之一种，乌足以云供给自然之感情而调剂其他触发之感情？夫音乐以本正和雅为主，即雄壮、勇猛之事情，亦非必须激昂、慷慨之歌曲，而雄壮、勇猛、慷慨之足以动人，仍为触发之感情而非自然之感情，绝非音乐正当之目的。未知当世教育家以为如何？

丁巳始业式训辞

1917 年 2 月

今日开学，诸生到者不及半数，系因旧历新年之关系，迁延迟误所致。此实吾国人之通病，殊为不取。社会上商店伙友，正月初五例有拜财神之举，是日凡店员必须到，即商店之始业式。其拜财神为一方便，宣示店员人数、确定职务为其目的。拜财神不到者，即免其职务者，此社会上极好之习惯法则。学校之始业式，性质相同。以道德论，始业式不到者，为自弃其学生之资格。查诸生请假簿，全学期一次不请假者甚少。此全学期不请假者，固为始业式必到者。始业式不到者，必不能为全学期不请假者。而以后请假之多，未始不自始业式不到开其端。凡不正当之行为，贞守之难，在第一次。今日社会上道德堕落异常腐败之人，皆由一次破例。多次亦不足奇，漫无节制，有以使然耳，可不勉哉。

吾国人之迁延迟误，已成品性而非行为，尤不可不从教育根本上纠正。国家之所以无进步,亦即迁延迟误所致。试研究迁延迟误之原因,自余思之,为事与时之不能分明,何时何事,必贵有一起止之界限。应止不止,则应起不起,新年之事,何时应止,始业之事,何时应起,今日即此二事一止一起之界限。昨日以前,余亦与家中儿女辈奏新年锣鼓,至昨日则悉令收藏,以示新年之事止;又令整理书包,以示开学之事起,推之其他一切任务。事与时如不分明,余可断言必致迁延迟误。吾国人时间之无信用,亦多由此。今日已到诸生,固可嘉尚,希将此意传示未到者。

丁巳校友会致辞

1917年2月

友道有二方面之作用。《论语》云：友直，友谅，友多闻，益矣。友便辟，友善柔，友便佞，损矣！益者，以友益我也；损者，以我益友也。我益友损，我损友益，此二方面之友道原如是。在我为以友益我，在友为以我益友，且无友之以我益友，安有我之以友益我？人尽泥守毋友不如己之说，我不如人，我欲友人，而人毋友我，其奈之何？是故以友益我之作用，且后于以我益友之作用。我校友会之友道，非普通之友道，尤宜趋重以我益友一语。

教育之作用，不外以我益友。朋友为五伦之一，师友者，师弟关系之朋友也，约言之即非疏泛之朋友，同学亦非疏泛之朋友。不相识者一经相识，便算朋友，故朋友之范围甚广，凡一般人皆可为友，不过皆为疏泛之朋友耳。以一般人之资格对一般人，以友益我，相互地舍短取长，即所谓自我他我，且取且与，亦绝非单方之作用。若以教育者之资格对一般人，不得不偏重以我益友，方合天职。况乎以教育者之资格，对非疏泛之朋友。全体校友，人人具教育者之资格，人人非疏泛之朋友，故以我益友一语，直可谓我校友会唯一之要义。

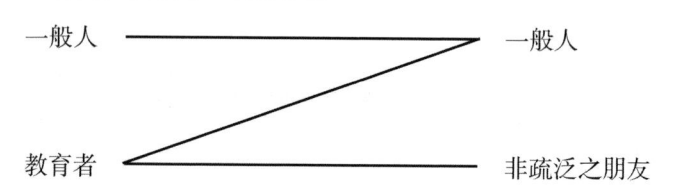

```
一般人 ———————————— 一般人
          ╲         ╱
           ╲       ╱
            ╲     ╱
教育者 ———————————— 非疏泛之朋友
```

全体校友，数近四百人，假有一二人品性极劣，甚言之即做贼者，日日受三百数十人以我益友之作用，未有不渐一感化。倘存毋友不如己之想，则大非教育者对非疏泛之朋友友道也。如下三图，朋友统一人伦，教育统一人事，校友统一学校。校友会者，即以统一人事之教育团体，加以统一人伦之朋友，其关系之重要为何如？

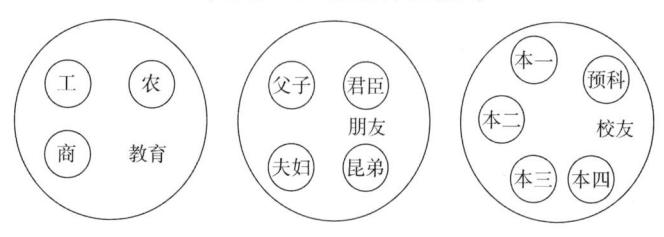

（图一：工、农、商、教育）　（图二：父子、君臣、朋友、夫妇、昆弟）　（图三：本一、预科、本二、校友、本三、本四）

南北统一纪念日祝贺式训辞

1917 年 2 月

去年今日，尚未开学。明年今日，亦未开学。今年适在开学后数日，而诸生尚未到齐。此系寒假之原因，使统一纪念日，未必能年年举行祝贺仪式，由新旧历不统一之原因。而统一纪念日且不能统一，甚矣统一之难言也。吾浙自光复后，五年来所谓浙人治浙，实有碍于统一。经此次风潮（一月前，浙人内讧，吕督军省长不得已而辞职，政府任杨善德为督军，齐耀珊为省长，拒之不得），形式上始云南北统一。故今年今日之纪念日，对于吾浙更有足以纪念者，直可云吾浙自民国六年始称南北统一也。可知南北统一纪念日，虽已经数年，谓自此纪念日始有统一之希望，非全国已称统一也。

全国以长江而分南北，吾浙以之江而分东西，地理之势力固大矣哉。虽然，地利不如人和。人和者，精神之统一也。欲图精神之统一，则非自教育入手不可。以教育而谋精神之统一，为今后之问题，不关现势之如何。近来国际上发生极重大之事，自德国潜艇战攻之宣告，德美邦交已决裂，我国亦有主张加入或否，孰是孰非存亡危急，固不可不详细审察。弱如今日之我国，何堪与协约国为伍，何堪与德国为敌，而谓今后永不能为伍为敌，不特我国人必不愿承认，即协约国德国亦岂敢妄断。依现势而论，或加入，或中立，不论有无自己主张之能力而必须加入，必须中立，却无绝对利弊之可言，唯视今后之努力如何耳。余对于国家前途，无悲观乐观加入或否孰是孰非之决言，亦以悲观乐观无绝对的意义。政府对于此等重大问题，亦仅能就现势负抉择之责任，不能对今后下如何之断定。何则今后与现势，必有变迁，不在政府而在人心也。吾辈以教育论，希望与责任，宜重今后，不重现势，修身治国，皆无不然。

余谓修身辞书中无"后悔"二字。人生当积极进行，固有临歧抉择方针之必要，但亦不过抉择而已。抉择以后之如何，抉择时不必负责任。修身无后悔云者，即凡事以今后为重，抉择时不负今后之责任，故无所用其后悔。例如诸生选师范学校时，不能负毕业后成如何事业之责任。将来之不能成如何事业，系进师范学校以后毕业以后不自努力之故，不能归咎于当时抉择进师范学校而兹后悔，即当时抉择他途，亦未必能成如何事业也。人生恒以后悔而渐生绝望之心理，谚云横竖如此，斯言为修身大患，对于国家前途亦犹是。

植树节礼式致辞

1917 年 4 月 5 日

以清明为植树节,不特谓清明时节宜于植树,其目的在灌输造林常识,为将来推广林业之预备。又必举行典礼,慎重将事,尤与国民心性有至切之关系。夫林业为真实业,推广将来之林业,即所以纠正现在之实业。吾国提倡实业已有年,而其结果类多失败,昧昧者受人之欺,甚至倾家荡产,一蹶不振。当其赞成投资时,固以私人发财为唯一之目的。至今日虽财无可发,而贪婪急取之习已成,小利之事业且不屑为,无久长之期望,无远大之眼光。假称实业,误己害人,招股附股,均属行险。尝闻提创实业者,恒言不可喜投机事业。余以为近来国人所办之实业,皆投机事业也。

升官发财一语,诚吾国人心理之病根。时人之高尚自命者,恒诩诩表示不屑升官,退而办实业。殊不知提倡投机实业,引起发财之妄念,贻误社会,与升官思想何以异?

况乎发财而升官者大有其人，则与升官发财更何所区别？世道人心，凌夷日甚。盖从前国人心理之病根，不过升官发财之一种，不升官者尚少发财之思想。今日者，升官发财之旧病根，固不稍除，且将"升官发财"四字，或截为二事，或颠倒易置。不思升官，但思发财，不思发财，但思升官，均尚不可厚非。而按诸近事，升官而不发财者未之见，发财而不升官者亦未之见。故思发财者较从前为多，发财而升官，即思升官者较前亦多。是近来吾国之提创实业，足使国人增加妄思发财与发财升官之二病根。余何敢创言实业？虽然，余又不得不赞成林业，以纠正实业。

以大资本图大利益，为真实业，以小资本图小利益，亦不失为真实业。思发财而办实业，则以小资本图大利益，于社会生活原则，断难成立。偶有国货，其价值之昂，出于非想。一言以蔽，今日所办之实业，皆伪实业。国人但知办伪实业，故无人办林业。办林业无投机性质，伪无可伪，利益虽厚，而收成期最远，非有久长之毅力不可。树木十年，树人百年。林业与教育，尤为密切之关系，实业教育尝闻之矣。而林业可谓教育实业，故提创林业，可为纠正现今投机实业之流弊，亦即纠正国人心理之病根，教育家不得不任其责。余愿与诸生勉力为之以创导社会，今日令全体学生各植桑一株，旨深哉。

国耻纪念日临时训话

1917 年 5 月 9 日

礼义廉耻,国之四维。先知四维之耻,始可与言国耻。5月9日,国耻国耻,纪念纪念,言之数年,其影响于国民之心性果何如?亦视国民有无基本之四维之耻。皮之不存,毛将焉附?倘国民本无四维之耻,虽日言国耻何益哉。国耻者,耻之用也;四维之耻,耻之体也。今徒假国耻纪念日,倡言国耻,是欲以国耻使人知四维之耻。由用而体,吾未见其可也。彼谓国耻纪念日,希望国民纪念国耻。日本人之可恶,将来必与抗争,以雪此耻,此逐末之谈。余恐雪耻无日矣。

知耻近乎勇,勇则可雪国耻。由体而用,方为正当。对于廉耻道丧之国民,漫言国耻,是犹对不知音者弹琴,徒费手头唇舌而已。定今日为国耻纪念,数载以来,余以为于国民心性毫无影响。故余以为姑不言国耻,宜先言基本知耻之德。今日为国耻纪念日,不徒令诸生知日本之耻宜雪，亦不仅令诸生知国耻宜雪，欲使诸生知知耻之德宜养成。养成知耻之德，为雪国耻之捷径也。可耻之行为，固为不道德之行为，而不道德之行为，未必尽可耻。不道德之行为，而假道德之名以实行为大可耻。可耻之行为，皆为己私之行为，而己私之行为，明白显著，亦非尽可耻。假用名义以图己私者为大可耻，诸生共勉之。

蹴球优胜慰劳会致辞

1917 年 5 月 10 日

慰劳非必须优胜，优胜非必须慰劳，优胜与慰劳，本无必然之关系。今日之开会，非必为优胜而开会。为优胜而开会，慰劳者报酬也。非为优胜而开会，慰劳者奖励也。此次蹴球之优胜，余认为颇有价值，非特以力胜，兼以德胜也。其价值不限于蹴球，即竞争优胜，不仅蹴球已也。以力胜而慰劳，慰劳者报酬也。以德胜而慰劳，慰劳者奖励也。闻此次蹴球当时情形，先负而不怠，后胜而不骄。余故曰不特以力胜兼以德胜，以力胜者选手数人之力，以德胜者全校校风之力也。

劳苦与责任，有密切之关系。劳苦在责任之先，或责任之后，或责任之中间，其义不同。"责任"二字之内容，亦有力与德之分别。盍观近日政局，黎大总统既免段总理之职，而又嘉之曰劳苦功高，段又通电嗣后不负责任。此其责任，力之责任，非德之责任也。此其劳苦，责任之先或责任之后也。劳苦功高一语,亦一种慰劳之意。至今日开会,对于优胜选手,决不曰劳苦功高,仅曰劳苦,则今后之责任,万不能免。故今日慰劳之责,在既优胜既劳苦之后,而又在将来未优胜未劳苦之先。余故曰劳苦在先后责任之中间。此其责任,为德之责任,非力之责任也。其价值之高如此,希共勉之。

蹴球优胜慰劳会优胜品受存训辞

1917年5月10日

本校自去年以来,运动竞争优胜已获第二次,将来再获第三次、第四次,固未可料。要之,愈优胜责任愈重,地位愈高且刺激亦愈多。责任愈重云者,对于未优胜者,须引而使之同为优胜,绝非希他人永为失败而自保其优胜已也。近时人心叵测,对于优胜者,恒不甘悦服,以妒忌之心,出之以攻击手段。优胜者之所以难乎为优胜,而刺激因以愈多。此固天演之公例,而今日风雨飘摇之中国为尤甚。吾辈何以抵挡之,无他,"努力"二字而已。彼妒而我不骄,彼忌而我不惧,不骄不惧,厥唯努力。妒者忌者必不努力,骄者惧者亦不努力,精神所至,必使妒我忌我者反而为信我服我,则第三次、第四次之优胜,固当然也。

丁巳校友会致辞

1917 年 5 月

昨日在此礼堂开省教育会常年大会，今日在此礼堂开本校校友会大会，虽不期而遇，其间固有密切之关系焉。诸校友亦深知有密切之关系，故昨日在楼上旁听者甚多，且有一种沉静注意之精神，过于会场振作发扬之气象。此日之沉静注意，即他日之振作发扬。校友会与教育会之间，又有明远社以联络之，恰如三段教授法。校友会者，预备段也；明远社者，作用段也；教育会者，发表段也。吾辈本此三段教授法以教育社会者也。余尝言哲学、伦理、教育有系统之关系，教育会、明远社、校友会亦有系统之关系，教育会者哲学精神也，明远社者伦理精神也，校友会者教育精神也。吾辈具此三种精神以教育社会者也。今日开校友会大会，应先言预备段之方法与教育精神之意义。预者须有适当之时间，备者于此适当之时间而使之完成，即于在校五年间预备教育精神，以为伦理精神、哲学精神之基础。曩云校友会为社会小模型,乘此练习,时不可失。又可知校友会宗旨所谓敦笃友谊、联络感情,固大有用处。会长负完全之责任,此完全责任一语,更与寻常不同,不特负预备段完全之责任,并负将来作用、发表段完全之责任,不特负教育精神之责任,并负伦理精神、哲学精神之责任。唯从前偏于预备段,偏于教育精神,今而后知作用段与伦理精神不可不注意,发表段与哲学精神更不可不加意。但余之精神加重于后二种,非谓第一种预备段与教育精神可以减轻,所谓诸校友之自动以补充之可也。

丁巳毕业生送别会致辞

1917 年 6 月 30 日

每年一次毕业，每年一次送别，依例举行。送别者与毕业者，或不免有虚行故事之观念，而余屡述开会辞，亦无他意，无非表示校友会欢送之感情。果如是，则今日之开送别会，与第一次送别会全相同，即以后第几次第几次之送别会，永为例举而已，而余以为决不然。

送别不过形式上之纪念，绝非精神上之离脱，此今日开会之意，送别者与被送别者均有同感，而余又别有一种感触。今日之送别会，与去年之送别会，与今后之送别会，有无关系？以送别会为例举，则去年是去年之送别会，今年是今年之送别会，今后是今后之送别会。何则？每年毕业者不同。去年是去年之被送者，今年是今年之被送者，今后是今后之被送者。若经过五年，送别者与被送别者全不相关。余述开会辞，不妨循环例话以敷衍也，而余以为决不然。

今日送别会之对象，固为今年新毕业生。要之送新即所以怀旧，送别之情，依之不忍离，固无待言。要之别离即所以联合，新旧离合之关系，大可注意。新毕业诸校友，明日将离本校，而此时送别会中，同学同堂最后顷刻之光阴。盍先与全体在校诸校友一怀去年以前之旧同学，自明日起在校同学对于新毕业诸君，就是怀旧之第一日。明年又开送别会时，诸君虽天各一方，此间在校诸同学，仍在此处怀今年以前之旧同学。而今年新毕业诸君与从前毕业诸君，乃联合而无所谓新旧。且送且怀，随离随合，今日开会则为新旧交融之关键，绝非寻常一别已也。

丁巳毕业式训辞

1917 年 7 月

光阴荏苒，诸生自入学至今日，五年如昨。第从前入学而来，以与本校无关系之人，入学而为心性至切相关之学生，不谓今日毕业而去，以心性至切相关之学生，毕业而为与本校无关系之人。今日毕业式，不过学校对于社会之交代，若校长与诸生之关系，方自今日始，在学中说不到"关系"二字。母校之称，毕业而后始有之。则今日毕业式，却如诞生之辰，在学五年相当于胎孕期而已。学校教育，以示范作则为尚，故在学中之教训，一如胎教。自今日不能与诸生晨夕相处，与母体既分离，则有相对之关系。有相对之关系，始有授予之作用。嗣后如有新思潮、新学理，对于社会有所发表，即对于毕业生有所授予也。

今日毕业式，校长亦无特别训话，例云临别赠言，亦不知从何说起，与从前所已言及将来所未言，决不能截然划分。自大体而论，有鉴于吾国近今教育事业之紊乱，揭其要义以勉诸生。一言以蔽，勿图速效。教育之成绩，为直接不可见之物，譬之栽花，疑其无根，时时拔视，未有能生者也，欲知根之有无，可于叶之荣枯决之。教育为根，社会为叶。叶之败，根之耻也。叶之所以败，拔根之咎也，不拔不得见，计唯以玻璃盆养水仙花。职业教育极端之主张将毋同，余故曰图速效为近今教育所以紊乱之由。具玻璃盆养水仙花之观念，不足与言教育。安心立命，切实做去，绝非置之不理，以其不可见而因循自欺不可也。犹之栽花，宜时之审察其枝叶之状态，定为有期的方法，今日施肥，明日加土，不规则的栽培不可也。诸生今日之所谓有期的方法者，在学五年，毕业后五倍之为二十五年，仍以五年为一期。自今日毕业后之五年，一如在学时之预科为预备期，最为重要，以后为进行期、成功期，皆于第一期立之基。况当今日险恶之社会，一若栽花，时有暴风暴雨，尚祈格外慎重。勉之勉之。

丁巳学年终业式训辞

1917年7月

知了一声，又届暑假期矣，诸生将欣欣言归，得叙天伦之乐。回顾此一学年，所得当不少。三年级经过暑假而为四年级，明年此时已毕业，今日之终业式相当于五分之四之毕业式，递推预科生相当于五分之一之毕业式。如此打算，其心理早图离校，脱却牢笼，是必以在校之生活为干燥无味。余恒自四年级学生态度察之，又自一般学生放假时之情状得之。递次升级而达本科四年，居校已久，离校在即，其有依依不忍之感乎？抑有欣欣自得之荣乎？对于学校分任各事务，宜如何格外热诚以尽服乎？抑心已不在敷衍塞责乎？故学言归，未出校而制服已除，假中相遇，对师长而别有一态，如是者本校尚极少数，而亦不得不为诸生勖焉。

毕业生离校，尚非脱离关系。今日终业式暂离本校数十天，更时时刻刻不可一易学校之生活。须知暑假实为学生不利益之事，人生岂可因炎暑而停顿。极端言之，热带的将不能施其教育，为炎暑而放假不能求学，何以亦有夏期讲习会之倡？至今日每逢炎暑必放假，实循例之举，追原学校何以必须放暑假，教育原理上实无何等说法。如谓为教员者因其清苦生涯，至暑期特予以休息，则教育经费不足时，再减教员之修而加其清苦延其休期可乎？为学生因炎暑不能用功，则将来毕业后必当因炎暑而不能做事，不然，学生习惯不适用于社会，岂非故意使学校与社会相隔阂乎？自余思之，暑假竟可废止。西人社会上习惯，亦有因炎暑而休止者，学校之所以有暑假，未始不自社会习惯使然。故今日终业式后，诸生即纷纷散归，余实不安于心而有所勉励也。

学校因无暑假修学之设备，既不得不循例而放假，此数十天认为应有之休息期，不如认为例外之修养期，为恢复精神之用，不如为调剂精神之用。概言之，诸生回家不可一无所事，亦不可预定须多事，择定轻而易举最恰当之一二件事，为假期中研求资料，庶合修养调剂之意。炎夏不洁，青年之难，其各自卫。

最近教育思潮

1917 年 8 月

第一章　现今思想概说

思想为人生内部之空气。空气循环流通，自古迄今，永不隔绝，思想亦然。所谓现今思想者，思想变迁至现今之意，非但截现今一段之思想与从前绝不相关者也。吾人欲生存于今日之地球，而谓必须吸五百年前之空气，必不可得。顽固之思想一如竹节，与时俗不相通。亦犹是故，所谓新空气，所谓新思想者，不过随时而论。新旧空气不能分，新旧思想不能隔，此人生切要之问题（枫泾丁义兴酱蹄广告自称三百年陈汁，以动人。肉汁而经如此之久，腐臭岂尚可食？意必每日更存，新而旧，旧而新，则今日之新汁，可谓有三百年前开张以来之陈汁。同理，今日之空气可谓有天地以来之空气，今日之思想可谓有自人类以来之思想)。

思想既不能分新旧,又不能分种类。所谓教育思想者,亦非思想界特别之一部分,与伦理思想、哲学思想有密切之关系,而成思想界之系统。王阳明之"大知觉小知,小知觉无知",大知之哲学觉小知,而为伦理;小知之伦理觉无知,而为教育。哲学思想不能普遍,降其格而易其名,即是伦理。伦理思想又不能普遍,降其格而易其名,即是教育。可知哲学、伦理、教育,有系统的关系。若单就教育而言,教育是谓局部的研究,不具小知,其何以觉无知乎?余尝谓教育家非专门家,而为小知家。诚以教育绝非局部的事业,不若其他专门学可以划分,而其思想之关系,于伦理、哲学,固无待言。溯近世思想之变迁,与十九世纪以前可谓一大革新。宇宙本体归着于唯心论,反机械文明之思想。盛倡理想主义、人格主义,纵有旁流之实现主义,不足以云相对之学说。盖理想派之主张,为现今思想之主潮,有历劫不磨之理论,与人生事实更有空前之大觉悟。所谓理性淘汰与自然淘汰是也。

人类之事业、人类之文明,与其他动物较,相去悬绝。若系自然进化之结果,造物何独厚于人类乎?人之所以异于禽兽者几希,人为万物之灵,此几希之灵,即所以与其他动物悬绝之由。若依自然淘汰,人类亦决无如今之情状。而所以致此者,自有人类即有理性加入以相淘汰,为自然主义者所不及料。始恍然人类之事业与文明,固有如是之复杂,如是之迅进也!

十九世纪以前之思想皆为自然主义思想,人类之生存竞争及其进化之径途与其他动物不加区别。虽反对之学说，亦不免蹈此同一之缺点。细思之，自然主义之思想，不特人类进化结果远超预算，即与人世之实际亦属不合。其他动物仅为生存而活动，故其竞争之结果，适者残存，劣者败尽，一如晚秋之斗蟋蟀，万不可以喻人类。盖人类之所谓生存竞争，决不仅为生存已也，必有何等之理想观，何等之目的观。人事扰攘，岂徒为生计已哉！垂钓羡鱼，非为烹食（扰乱社会之人都是生计极裕之人。近日报载张勋有三千余万之财产，仅为生存，岂不可以已乎？而无如有复辟之理想观，有复辟之目的观，可为一证）。余不信有真知足之人，假使人人知足，即理想淘汰停止。生存一日，决无不受理性淘汰之人。所谓社会的关系，无论如何不能脱离者也。

自有理性淘汰之觉悟，二十世纪之思想遂大革新，且大发展；而教育之领域与职能，亦因而大扩充。人类之事业、人类之文明，非被动的自然淘汰之结果，而为自动的理性淘汰之结果。故人类之事业、人类之文明，皆人类自己负其责任。良心由自我实现而成，并无于人类之外有指使之者。哲学上所谓真理依系于人生之目的，即人本主义是也。又恍知人类行为之或善或恶，亦人类自己决定之，自己改易之。道德非千古不易之理，并无于人类之外有预定之者。哲学上所谓真理自实用而定，即实用主义是也。人类之事业、人类之文明即人类自负其责任，行为之善恶亦自己决定，自己改易。而各个人孰负责任，孰为决定，孰为改革，即国家元首决不能违反民心，擅行专制。社会上少数各个人,谁堪当此重任?无他,人格尚焉。人格者,良心之模型,道德之容器也。盂圆水圆,盂方水方。人格实现之如何,而良心与道德亦如影随形而俱改。所宜注意者,良心道德借人格之义以说明,不得漫以良心道德说明人格,致蹈循环论证之弊。余于是不得不略述人格之解释。

人格之解释殊不一致,余均认为尚未满足。非轻视先驱思想,亦由于理性淘汰之作用。"人格"二字,无论经若干时代,必有研究未尽之余地,今所述亦不过大体之解释。尝闻普通谈话,所谓人格高尚,一若人格在各自一己之内,凡道德品行可嘉者,始认为有人格。甚至与"资格"二字联想误解,依社会之阶级,或有人格,或无人格。……此皆未明人格之观念。夫人格者,多数人之格,即为人格式也。除疯癫、白痴、狂人而外,无人无人格,更无人不与人格有关系者也。

人有人格,其他动物有无动物格?牛有无牛格,马有无马格,狗有无狗格?吾人必一笑置之。然则,人何以独有人格,而不认为有牛格、马格、狗格?究据何理由,恐亦不易说明。能说明此理由者,人格之解释思过半矣。欲问人何以独有人格,当知唯人有社会。又引起社会究作如何解。若以社会为无机的集合,则人类生活等于其他动物群居的生活。社会之意义不明,人格之观念亦不确。盖人格者,各个人所以成社会之最要条件。仅仅集个人而成社会,一若集泥土为砖瓦,其模型非出自泥土自己之主张。如此无机地解说个人与社会无何等之关系,固无所谓人格。自斯宾塞解说社会为有机的,不如矿物,而如植物;个人对于社会,不如分子,而如细胞。细胞形成树体,例如社会。细胞发达,同时树体亦发达。细胞形成树体而有姿态,个人形成社会而有人格,其理一也。

如上所述,人格者,一方面为自立的、个人的,他方面为协同的、社会的;相互实现,渐渐发展者也。为人格而有社会,为社会而有人格,犹非中肯之谈。唯人格实现,同时社会进于洽善。自来倡个人主义者,取个人的教育学者,即偏于人格之自立的、个人的方面。取社会的教育学者,即偏于人格之协同的、社会的方面。两者皆非正当。所谓社会的个人,即两方面同时修养。诚自实际教育上社会的训练观之,西洋之人格,一若自立的、个人的方面为先,协同的、社会的方面为次;东洋则协同的、社会的方面为先,自立的、个人的方面为次。要之,皆以人格之实现为社会发达之本,决不依社会之阶级与男女之分别有程度之差异。无人格之社会,绝非良好之社会。不曰无人格之人,而曰无人格之社会,此言似费解,而人格之真义亦即在是。

人格与社会之关系,有社会必须有人格,既知之矣,然则社会究何自而起?是否有人类即有社会,其他动物无社会。所谓社会的生活与群居的生活其区分何在?无他,人类有言语之特色也。人类有无无言语之时代,余不敢必。自有言语即有社会,余敢断言。如能证明自有人类即有言语,则可断言有人类即有社会。人类之进化为相互的进化,其他动物之进化为个体的进化,故唯人类有教育。人类与其他动物亦有教育,其他动物与其他动物决无教育。可注意者，人类与人类之教育，相互进化之教育，即所谓人格教育；人类与其他动物之教育，仅有知识授予之教育，即非人格教育。柏林大学某教授教马能计算数学，一时新闻传为"学问马"。但此马有人类之知识，而不能传达于马社会。盖此马亦受某教授知识授与之非人格教育而得人类社会之知识，绝非成为马社会之知识。诚以马之各个体，无相互的关系，无精神的交际。所以者何？即无言语之作用。或问人类何以有言语之特色？则特应之曰：唯人类概念能联合。余可以自家实例说明之：次儿自有生仅十七月，适值年终，家人制粽，在锅沸煮，将可食。余归，奔跃来告。余料其不知粽之名而急问何物。我且拟且答曰："米米包包。"竟称曰"米包"。能以"米"与"包"已知之二概念相联合而成一语，始可谓言语之特色。但教一语，学一语，且不明其用处。如不满周岁之婴儿，学得"阿伯"一语，见他物亦叫"阿伯"，见狗见猫亦叫"阿伯"，此绝非能言语。可知人生不能言语之时期极短，周岁以上即有言语之特色。谓非有天然具在之理性，曷克臻此！此人类之所以称理性动物也。

  概念愈联合，而言语愈复杂；理性愈发展，而人格愈实现。教育而仅有知识授予，是直可谓与理性人格无关系之教育，即非人类与人类之教育。而人类将有待人类以外主持者之教育，与人本主义、实用主义岂不大刺谬？理性也，言语也，社会也，人格也，良心也，道德也，皆为人类所独有。吾人欲言教育，万不能不遵此旨，以符人类独有之教育。故今后教育事业之解释，遂与从前大不相同。

普通教育学不曰教育为成熟者对于未成熟者具一定之方法传达文明之事业乎？此解释固无误，自今思之，尚可称满足，犹有其他重要之意味寓乎其中。依人格教育学之解释，教师不但以科学的所定之法则、机械的作用教育儿童，当以教师人格之力，其自由活动为最足重。故教师为一艺术家，教育为一高尚之艺术。教师之任务，与其为冷的科学的法则施行者，无宁为以有血有泪、自己之人格移之于儿童、营造儿童之人格之艺术家。自己之人格与儿童之人格至微至妙之间，即教育效力之所在也。

概言之，从来教育之解释，为单方的注入派，以教师之主观为尚，宁我就儿童。二者皆非正当之解释，无充分之理由。今后之教育，不得不有人格的交际，须以教师之主观与儿童之主观相接触，方合人格教育之旨趣。自有理性淘汰之觉悟，人格教育之主张本无讨论之余地，欲反对人格教育，须先反对已成铁证之理性淘汰，其可得乎？理性淘汰之觉悟，二十世纪思想界之大进步，可庆可贺，至得意之幸事也。人类虽为自然之产生物，而不仅受自然法之支配，有人格也威严，上帝或神不得已之假设，可以无用（未发明理性淘汰以前，人格之意义亦暧昧。但已疑及人类之事业与文明，何以与其他动物相差如是之巨，故假设上帝以自解。然者上帝何不指使其他动物而独指使人类？如谓上帝本人类所升，又安知其他动物无升为上帝者？其说遂穷）。人类之事，人类自主之人格，亦人类自己构成之。自有人类以来，早有理性淘汰，早有人格，至今日始觉悟，已恨晚矣！回忆十九世纪中，种种不利于人生之事，良由昧于理性淘汰所致。自此教育上若再不努力研究人格，向也苦于不知，今若知而不行，坐视社会之纷扰，甘受人生之抑死，夫亦自弃其人格，将与其他动物为伍，人类之丑，孰有过于是哉！此现今教育思潮犹恐不及之趋势，无论有各种教育之主张，不能绝对反抗者也。

第二章　各教育主张之异同

如前章所述思想之大概，成名之为理想主义。又有所谓实现主义，相对为思想界之二形式。理想主义者从人生根本上着想，实现主义者从社会事实着想，致有歧异之主张。而现今所创之人格观念，决不专从人生根本着想，社会生活亦极注重。故二十世纪之新理想主义已包括人生、社会二者而言，实现派之精神实已容纳在内。余曾言思想无所谓新旧，故仍称理想主义。所宜注意者，此种理想主义，为对于十九世纪以前之思想觉悟而起，仍不免有实现主义之反对。可知实现主义非对于从前之思想觉悟而起，反对于现今之思想反动而起。此二种思想实不谓相对之二形式，而为主从二形式可也。教育主张虽不一，而其根据不外理想与实现两派。理想派主张人格教育，实现派则主张职业教育。又有公民教育问题，理想派则谓公民教育即人格教育，实现派则谓公民教育即职业教育。此外又有艺术教育与作业教育，亦均以两派混合之主观而异其作用。试先述艺术教育。

十九世纪为科学世纪，有鉴于科学中心之偏颇，以产物之勃兴适召社会之腐败,乃力倡美的陶冶、人格之尊重不可缓。同时因美术工艺之进步,有提倡美术教育之必要,欲以艺术解决社会问题,遂起艺术教育运动。近数十年中,西洋各国关于艺术教育,会议多次,不遗余力,推其原因有五:(一)自法国革命以来,艺术与国民生活相分离。法国之革命为政治上之大事件,其影响及于欧洲全部,一般国民皆以政治之变动为虑,不能安闲从事于艺术。但此不过一时之状态,识者谓不可不有以救济之,故不得不提倡艺术教育。(二)国民与艺术分离之结果,而鉴赏的陶冶缺乏。欲补此缺点,不得不有艺术教育运动。(三)大工业之勃兴,人间流为器械的,与天然兴味愈趋愈远,乃大声提倡兴味教育。(四)十九世纪之科学万能主义,对于事物感于知识的、分析的,而无情的、综合的、美的研究。(五)政治的兴味、平民的思想勃兴,美术岂能为贵族所独占,一般国民不可不使享乐艺术。

  自此五原因,起艺术教育运动。而对于此运动之见地,又有不同之处。或自社会的见地主张艺术教育。今日之社会既成机械工业世界,倘蔑视艺术与人格,其弊不可胜言。为社会救济,对于机械工业,宜振起手工作业,使社会艺术化以调剂之。或自经济的见地主张艺术教育,即振兴艺术教育与经济问题至有关系。艺术品之制作,国家经济得以丰裕。法国国民以其有趣味性之练习,得制出精美之物品。故不可不陶冶公众之艺术精神,以养成艺术的国民。又或自艺术教育美的见地主张艺术教育。国民一般使养成有鉴赏之耳目,足以促艺术之进步。工业品之日渐精良,尤贵有赏识美术工艺之人。此艺术教育运动之所由起也。

次言艺术教育之目的及方法。试思主张此种教育之理由，不无歧义。一方面自美的见地而论，以鉴赏力之养成为目的；他方面自经济的见地而论，则以制作力之养成为目的。但观改革运动之主旨，似以制作力之发达为尚，而与近时之作业主义、自动主义相携手，以儿童之发表的冲动为出发点，自由技能之练习与想象力之唤起为主旨，依此方针，促使技能科教授革新之效。而偏于极端者，遂舍却鉴赏与直观之陶冶于不顾，宜其引起理想派之反对。如海尔把特辈最重直观，以趣味之养成为中心。要之艺术教育歧义之二目的，恰相当于理想派与实现派之分据，平心而论，鉴赏与制作固宜兼顾，唯普通教育上则宜以鉴赏为目的。何则？一般人民鉴赏家较制作家为多，倘制作家多于鉴赏家，或仅有制作家而无鉴赏家，则实现派经济的见地，岂非自招失败？我国近状，制作家固不多，而鉴赏家更缺乏，虽古来之美术国，一般之鉴赏力亦尚幼稚，盖鉴赏力之养成较制作力为难。据近时实验教育之研究，儿童美的判断之发达甚迟，不得不借制作以引出之。则制作不过手段，鉴赏乃为目的。此普通教育上原当取此主张也。

如上所述，艺术教育仅美育上之问题，已与人格主义之教育较为接近。若以艺术教育作艺术主义之教育解，则艺术与教育之交涉，不视为美育范围内之事，即教育事业之新解释，教育为一艺术，教育家为一艺术家，此所谓美非术之美，乃为美的人格之陶冶。对于从来之教育根本的改善，反对形式耳。凡主知之教育，废除科学主义而为艺术主义,则艺术教育全与人格教育相一致。又可自教育事业之新解释转出美感之新解释。艺术教育之所谓美,非狭义之美,与人格有密切之关系者也。华美之美、美丽之美,为社会腐败之源。广义之美,绝非美丽、华美之意。人生以美感供给兴味于无穷,《朱子家训》所谓"器具质而洁,瓦缶胜金玉,饮食约而精,园蔬愈珍馐",所谓得美之真义者矣。他人不以为美者而我能感觉以为美,即他人无兴味而我多得一种兴味,绝非勉强以不美为美,必其有相当之人格而后可。好素食者,余认为美与人格增进之结果。人能素食,而犬与猫不能素食,但思鱼肉而不得,予以蔬菜而不知其味,亦可为人类有美与人格之证说也。

如上所述,艺术教育以美为中心,即以感情为基础,对于从前主知主义之教育而倡主情主义。又有以自己活动意志为根据者,而对于主知、主情而倡主意主义,如作业教育。

作业教育与艺术教育,其发表创作之注重为二者共同之点;而作业教育又稍广义,不限于美术工艺,包括一般实业社会。艺术教育陶冶美的感情与其发表,作业教育则以意志的活动与其发表及技能、勤劳心之养成为主旨,故其内含亦有理想派与实现派两种相混。实现派之作业主义,专注现今之实业社会,力倡身体作业。而理想派则反对手工等身体的作业,力倡精神作业之发表创作。前者以为教育无非为图社会进步,不可不施以适应于实业社会工业团体之教育,故学校之内须造成共同团体之缩图,以共同作业养成劳动之精神与共同心。又如勤勉之习惯、秩序之念、生产义务之感，均为作业教育之中心。故手工、家事等实业教科，工场、实验场、庖厨、裁缝室在不可少。此等教科之实习，与儿童自发的活动之作用最为适宜，遂将从前受动的教育教授，一变而为发动的、基于儿童之本能与活动性而施以教育。且可以手工与身体的作业，由日常之经验事实而生适当之概念及认识。故技能不过为手段，概念及认识为其目的，以养成适应于社会有用之国民。此实现派之主张也。

理想主义亦非蔑视现代之生活状态、生产关系，而对于手工及其他之身体作业则表示不甚注重之态度。学校之有手工教授，非直接以手工为目的，亦借以形成精神。作业唯以教育教授，不为受动而为发动，则与实现派相同。是以技能科作业教授得占从来未有之地位，为现今教育之一特色。我国现今之教育手工与实业，果能达是等教科之目的与否，吾辈盍反省之。

作业主义之教育，身体作业、手技、手工、实验等非仅以技能之修炼为目的，有几多教育的价值，仅有手之活动而不与心相结合者，非真之作业教育。手工科之设，为意志陶冶与判断力之养成，为两派共同之主张。是故手工科既随艺术教育运动而特别注重，今又自作业主义之教育，而理想、实现两派均认为有生产的价值，其教育的价值为何如耶？小学校之有手工科，绝非直接为木匠、水泥、铁匠之准备，以实践职业教育之名目。此固非理想派所赞同，即实现派亦决不作如是解释也（去年北京教育会议时讨论手工科，有以编草帽、削火柴杆为教材以示实用者，可笑孰甚！又参观某校会客室坐椅，指为手工成绩品以自矜，亦不思之甚）。两派均认为手工科为有生产的兴味，而分量轻重又不同。盖理想派并不注意手工，以为创作力之养成不在乎技而在一般之精神活动。凡做法及理科教授无不有创造力养成之机会，不过手工科引起儿童自发的兴味较易，而进锐退速亦未可知。精神作业必较身体作业为尚，而实现派则身体作业与精神作业并重，宜其重视手工而为各教科之中心也。

　　理想派之作业教育，相当于蒙台梭利女士之自动教育。此"自动"二字究作何解，不可不明白。研究女士教育学中有所谓潜势力者。儿童本能的具在，则所谓自动。是否不加意志作用，一如消化、呼吸、循环之作用起于自然发动，与意志无关？则自动教育直可谓无意志无意识教育。吾知自动教育之主张决不如此，"自动"二字必有第二种意义。对于他动而曰自动，非我被他动，自我自己出发之意。消化、呼吸等虽亦可谓自动，此不过对外部刺激所起之反射活动而言。自动教育之所以谓自动，自内部自发，且有意志发动活动之意，故自动教育亦可谓活动教育、发动教育。儿童内部之潜势力，非如消化、呼吸无意志而能自动。自动教育之主张，不过对于此内部有意志的自动之潜势力不使挫折，希其发达。此点与前述创作勤劳为主之作业教育相一致。儿童富有发挥其潜力之活动性，不以干涉而妨害之可也。

　　自动教育不主干涉，然亦不主放任。不干涉而不放任，将何以圆其说？盖儿童之本能，有时或偶有害于社会生活之理由，而使之自己觉悟防止的态度，即不放任不干涉之态度。凡一种教育主张，必由反动而起。自动教育，不过以从来之教育压迫儿童自由之发达而创此说。流于极端，固亦有未妥之处，此吾人所当共谅也。

试进言公民教育。公民教育之旨趣，亦有理想、实现两样之说法。理想派重在公民个人方面，伦理的修养、人格的陶冶之外，别无何等意味。实现派则以社会方面，即团体之一员、实际之职业为其主旨，使理解个人对于国家之目的、对于同胞之兴味，故以职业之堪能为公民教育必要之条件，以手工作业为主要之手段。余思之公民教育名义上似较艺术教育、作业教育空洞，无他特别意味。故理想派即以公民教育为人格教育，实现派即以公民教育为职业教育。然则何故特有公民教育之名目？此吾所当研究之问题也。

近代思想之倾向，平民的政治的兴味有勃兴之象，公民教育其根据于此乎？少数贵族参政时代已成过去，今则列强皆进于立宪共和政治，而国内一般人民犹不自觉。平民的精神之勃兴，亦国家社会趋势所当然。又或谓个人主义已形成现代之特色，而平民主义易流于个人主义之倾向，故不可不鼓吹团体的精神。此有鉴于个人主义之弊而倡公民教育者也。盖个人不可不与国家社会之兴味相结合，从来的教育，不过个性化，未免有害于国家，不可不施公民教育以补救之。所谓社会化之思想与政治参与相结合，而公民教育之声遂愈呼而愈高。其主旨在使锐进社会的政治的国民的良心，陶冶其品性与意志。一般少年，对于祖国皆当忠实服务。试综合近今各教育家之意见，公民教育有如下之定义：公民教育者，授予少年以公民的知识，使其意志对于公民的方向，而唤起其公民的良心之教育也。此又进一步言公民教育者，思合乎为现今宪法国家有价值之公民，依教授与习惯，对于学生具案的影响之谓也。但此无非教育之定义，何劳蛇足。要之，此种定义亦有鉴于现今之情势，有所感慨而云然耳。

内阁之更迭，选举之频繁，国家大势如昙花倏变，人心惶惶，不知所向。依现代之要求，教育实有革新之必要。所谓立宪的教育之创议，亦不外是欲矫正现代选举之腐败。如何能选出真正之国民代表，促进自治制度之革新，阐明纳税兵役之义务，解决国民之生活问题，乃得个人之自由与独立。此立宪的教育之目的，以对于立宪政体缺陷之救济，为第一义。更进而教养立宪精神为根本之道义精神，革新国民之思想，一方面又促成国民急务之经济问题、社会问题等外的生活之廓清。姑勿论此，此立宪的教育之结果如何，而国民教育上向来不完不备之点，或可改善。诸种实际问题，脱离形式主义、划一主义、奴隶主义、压制主义，而解决自发主义、自由主义之下诸种社会问题，亦始得解决。盖自发主义、自由主义为立宪的教育主张之中心。凡个性自觉之不足者，思想界、教育界极宜倡自由主义以启发之。立宪的教育，不仅在自由民权的思想、选举之矫正；而道义之革正为选举矫正之基础、责任之自觉、牺牲心之养成尤为公民教育之中心。此主张公民教育者之论也。

次言公民教育之方法如何。公民教育之方法，当然不以授予知识竣乃事，此理想派、实现派一致之意见。唯实现派以共同作业为营造公民教育之根本方法，体操之必要亦竭力提倡。又有以游戏与体操形成公民教育之最好手段，游戏足以养成共同之感情，体操之起源本为国民的意气之鼓舞。而理想派则以社会的道德教养为主，所谓共同作业与劳动，倘失于督率，任其因循，或且为品性之贼。总之，公民教育不在获得对于国家组织之知识，而在涵养共同生活之义务及责任、自觉之品性，两派均无异议，此公民教育之意的方法也。公民教育虽不以知识为限，亦不谓对知的方法绝对置之不问，且公民教育之知的方法殊不易言。盖具体的教材之如何选择，及儿童之发达阶段何时始能领会系统的公民教授之知识，此为可研究之问题。据实验教育家之说，儿童自十四五岁，国家的理解认为可能。此种公民教授之知识，或列为一科，即所谓公民科；或于各教科中乘机授之。此依国情，办法不同。如法国、瑞士，则特设公民科；如日本，则于修身历史等科随时教授。此固不成问题。修身科尚有或设或不设也（法国于1882年颁布小学校法令，有道德公民科之设。其教材初级自七岁至九岁，每周一时，授以公民、兵士、军队、祖国、法律、公权等事，并依物语相助教授，以养成国民的观念。中级自九岁至十一岁，授以法国制度简单之知识、公民及其权利义务、兵役、租税、选举权、公共团体、自治会、议会、国家等。上级自十一岁至十三岁，授以行政、立法、司法之知识，及宪法、元老院、众议院、刑法等。至高等小学校,则分公民科为法制科、经济科,每周各二三时)。

以上所述艺术教育、作业教育、公民教育,皆有理想、实现两派混合之关系,唯理想主义之思想较多。最后论两派纯粹之主张。如人格教育,全自理想主义出发,所谓人格品性之注重,与作业教育、公民教育初无或异,而近时人格教育之主张,与二者又非全相一致。盖作业教育、公民教育之思想,由时事感慨而起。人格教育,普通皆谓挽救世道人心,则与时事感慨之意何殊？如前章所述,人格限于理性,则理性淘汰之觉悟,实为其至大之原因。为世道人心而提倡人格教育,犹见之浅者。故人格教育之所谓人格,与作业教育、公民教育之所谓人格不同。即实现派亦决不蔑视人格。唯彼等所谓人格之人为特称的,理想派所谓人格之人为全称的;彼等所谓人格为限定的,理想派所谓人格之人为普遍的。此不可不注意也。

人格教育之主张反抗物质文明,对于科学中心主义而力倡艺术主义。原来物质文明离乎人格而躐进,无补于国家社会固无待言,而与人格相关之物质文明,本非一概抹杀不过(不由人格所产之物质文明,余名之曰"豆芽菜的物质文明"。吾国近状,事事模仿外国,应有尽有,余甚忧之)。反主知主义而重情意,对于平凡化划一主义而创个性之自由发达,以期造成真正之人格,故理想派最恨以道德做客观的解说,即以道德为生活规定之外的法则者,非也。现状情形流于器械化、平凡化,忘其精神生活之能力。无可讳言,人格教育主张,亦因时制宜之道也。

人格之解释,前章已略述之。自有理性淘汰之觉悟,思想界大扩充，教育事业不得不水涨船高，与之俱进。故人格教育之主张，立于哲学所辟人生问题之根本上，牢不可拔。以人格教育为无学术上之价值，实际上之结果者，必局部的研究教育之人，不知伦理哲学为何物，余亦不屑与之辩论。总之，人格教育为一种哲学的见解，所谓新理想主义为其中坚。试概括诸家之意见，述其要点如下：

一、人为自然之产物，而不仅受自然法之支配，有自然法以外精神自由之作用，故认为有一种人格之威严。

二、由人格之威严，必贵有相当之品性。教育及教授不可不以此品性之形成为目的。

三、人之精神，不但自知力而成，有较深之感情意志作用为根据，以之内省直觉；又自由活动之萌芽，而含有开辟新生活、新价值之创造力。

四、教育即启发此创造力之事业，须尊重儿童之个性及其人格，以儿童为教育之中心。

五、教育非造成知而不行之人，须随时练其情意，使有一定之信念与理想，而为强有实行意志之人。

六、施自由精神之力，使人格发达，品性形成，对于自然有巧夺天工之概。反自然主义之人生观、世界观，趋合于理想的倾向，重克己献身之德。

七、希造成人格尊重之高尚的社会，不可抹杀个性天才，徒为国家社会牺牲。与其为适合于国家社会之人，毋宁为使国家社会多方发达之人。

八、现代物质文明虽发达，而精神文明不及。人生之欲望蹦等，堕落于机械的便宜的生活，对于神经过敏提醒精神自立与人格之权利及其威严。

九、矫正教育活动囿于科学的方法太过之弊,指明教育之生命为教师与儿童固有的内部关系,为一高尚之艺术。

十、教授,当为锻炼人格为目的之教育的教授,不特益儿童之知,须兼及其情意。与其抽象地教授,毋宁出于直观,使容易理解,同时刺激其情意之活动。又欲使发达个性,当设自由选择科。

十一、教材不可偏重科学,须重艺术;而为情之修养,又当一变宗教教授,而改正意志锻炼之方法。

十二、教育事业之中心不当在教授,而在训练;且训练当以儿童为中心,不尚他律的束缚,须注及其内部之良心,促其自由之服从,而施自律的训练。

十三、欲使教授、训练密切于人格的关系,一学级学生之定员以少为宜。

十四、要求改社会制度及家庭、学校、国家协同的努力,使易于精神生活、人格尊重之实现。

十五、当讲求教师养成之道,俾得收人格感化之效。

如上所述要点,人格教育不外精神生活之作用。心情者,精神生活之母,故心情为各科教授集中之点。试进言人格教育之教授方法:(一)感情作用,即利用感动之方法,使心情与吾性共鸣,不取论理的分析的方法,而取艺术的方法。(二)综合的方法,不在使知识明了精确,但能综合地记忆。(三)直观的方法,非普通意义之直观,使得明了精确之知识为限,以直观而刺激其情意之活动,使与精神相感应。(四)自动的方法,即个性力之发展。此种教授之方法原理，固有优点，若忘却"人格"二字，敷衍塞责，因循无生气，则非提倡人格教育之本意矣。

最后试述职业教育。为实现派之主张，与理想派所主张之人格教育有反对之倾向。近日颇有极力提倡之者，其呼声之高，教育界当所共闻。原夫职业教育亦有二意义：（一）职业教育为特殊职业之准备，例如从事农、工、商等之准备的教育。（二）无论从事任何职业，必须引起同样之职业的兴味，故当有一般的职业陶冶。此二者，要皆以从来之自由教育、修养教育为不顾社会之实情而起。前者为纯实业教育，后者为一般的职业教育，为下级之职业教育，即实业教育之意。现在之社会为实业社会，儿童之大多数须从事于此，教育上固不可不注意。一方面既有人格主义、艺术主义之提倡，同时应有作业勤劳主义之教育发生，亦思想界必然之事也。

职业教育又名实效教育，计较教育之实效，以为现今之教育皆尽力于少数毕业生之从事于学问，而不顾及大多数毕业生从事于实业，故自实效而论，不得不改造授与职业知识之学校。此种主张，五十年前已有之，甚至主张一般的陶冶之中学校，实业之学科加之总时间四分之一。如此实业教育侵入于普通教育之学校，亦非认为专门之实业教育，仍为增高人间之实效，做一般陶冶之一种。对于将来从事实业之学生，固为职业陶冶；对于其他学生，亦得收一般陶冶之效。恰如国文学之于文学者为职业陶冶，对于从事实业者之为一般陶冶。如受两方之教育，均一举两得，为最有实效。此实效教育之主张其关于职业实业之思想。所谓实效教育,即职业教育也。

作业教育、实效教育、实业教育,凡此职业教育,近时何故提倡不遗余力?盖以从来之教育,未免依传统的教科,与现在之社会实际生活相去过远。下级之学校但知为上级学校之预备,对于不升学者实为不利益之教育。此种状况,各国相同,故不得不谋学校与社会之联络。良工、良冶职业的教育,从来家庭上得收此效。但近来实业之变迁进步,大工业组织之时代,究非自学校学习不可。又况自社会问题为取缔无识者、不良儿起见,亦有提倡职业教育之必要。且不良少年,自十二岁至十四岁时为多,此时之感化,亦以作业实业为最得法。如此积极消极之种种原因,职业教育之呼声遂有加无已。所可研究者,职业教育侵入普通教育,有无蹙小一般陶冶之领域,此为一重大问题也。

如上所述,一般陶冶与职业陶冶为两方之交际问题。职业教育论者之主张职业陶冶中得收一般陶冶之效。学校如为社会之映象,则不问实业与否,凡社会种种活动形式上之事,均使儿童学习,绝非无益,即教育之所以为实效也。从来之教育,关于(一)乐于劳动之观念,(二)为他人牺牲,(三)公益心等一般的任务,不能自觉,无可讳言,故宜于学校重实业的教科。如手工、烹饪、裁缝等本非仅为熟习其技能,使理解社会,为养成知性、德性之手段也。

如此主张,亦无所误。职业教育中固不无一般陶冶,且亦并不蔑视一般陶冶。职业论者曾谓无人文的教科,决不收真之实效；唯其自夸职业陶冶中一般陶冶之价值，持之过甚，所以招理想派之反对。故余谓人格教育与职业教育主张之异同为分量问题，非性质问题也。

要之，职业教育据以与人格教育相反对者取其第二义。若谓职业陶冶专为职业之预备，侵入普通教育，是执破坏一般的思想及理想之共同财产立论，至不稳健。职业譬之柴米，一般的思想譬之清水，若无清水，非特不能成饭，禾黍草木不得其养，柴米之源亦绝，其何以言生计乎？故于普通教育主张职业教育，不过谓职业陶冶中亦得收一般陶冶之效；而反对者则谓与其于职业中收一般陶冶之效，终不如一般陶冶中收职业陶冶之效之为可靠。理想派与实现派之争点即在是。至若双方趋于极端，逸出理论范围之外，或误解，或强调，无谓之批评，余等本无此闲暇，第恐依误传误，贻害教育前途，不得不谨陈所见，以商榷焉。

第三章 结 论

思想界之二形状：曰理想派，曰实现派。二者孰先孰后，无待研究，当然有理想而后有实现。思想界绝非必须有此二形势，仍自理性淘汰之作用，意志自由之结果，难保无怀疑之状态，急希亲见，此实思想上之弱点，即实现派之所由起。对于教育事业所谓种瓜得瓜，种豆得豆，虽不如仙桃三千年开花，五千年结果，而树木十年，树人百年，所得瓜豆，当然不及亲见。故余极不信某学校成绩卓著或腐败，感情作用之毁誉。盖实在成绩，非同时同人直接所得见也。现今教育事业之紊乱，虽有种种之原因，自余思之，"希图速效"四字足以概括之。譬之栽花，疑其无根，时拔时视，未有能生者也。欲知根之有无，可于花之有无决之。教育为根，社会为叶，叶之败，根之耻也。叶之所以败，拔根之咎也。不拔看得见，唯以玻璃瓶养水仙花。职业教育极端之主张，将毋同？若朝令暮改，变本加厉，难免拔根之诮，窃为教育前途虑也。

时人谈教育者，恒有应国家社会趋势之口头禅。如以此言为唯一之要义，亦恐失其教育之本职。应趋势之者，固非对腐败之国家、腐败之社会，施腐败之教育，而为施有以革其腐败之教育。姑勿论事实已成，补救恨晚，而教育不过为国家社会之方便，执行防止之职务，已近政治性质，绝非纯正之教育。故余谓"应国家社会趋势"一语，宜加以解释，为应现在之趋势而定将来教育之方针，非应现在之趋势而改现在教育之方法，庶教育为国家社会之先导，不随国家社会为浮沉也。故国家社会之趋势，不过供教育之参考，绝非绝对之标的。或曰：为定将来教育之方针，必须改现在教育之方法。余答曰：此所改之方法，不必拘泥国家社会之趋势。例如以生计为前提，非必须提倡职业教育，且当提倡人格教育也。

教育学中，不有目的、方便二语乎？凡教育上各事体，均有目的、方便二义，相互为用。例如作业以勤劳为目的，而以运动为方便；游戏则以运动为目的，而以兴趣为方便；人生以快乐为目的，当以图社会之进化为方便。快乐说最后之目的与目前之目的同为快乐，所以招近世之反对也。临渊空羡，不如退而结网，欲达目的，必有经过之方便。例如隔岸有物，不如早做绕道之计，否则望泽而叹，何补于事实！职业教育本不以生计为前提，为生计问题而主张职业教育已属误解。与其以职业教育为达生计之目的，毋宁以职业教育为一般陶冶之方便。职业与职业教育意义不同。彼谓职业教育之疑问得转问职业专家者，实不知职业与职业教育之区别。譬如手工教师不胜任时可请木匠铁工以代授乎？又况人格教育与职业教育之争点，并不在"生计"二字，曰人格，曰职业，同为生计完成之义。第竟言职业，生计未必能完成，必其职业立于人格之上而后可。余故曰提倡人格教育，且为解决生计问题之捷径。可知人格教育非徒托道德之空言，而为生计问题之方便，不可不注意也（目的、方便之关系不明，不可与言教育。例如有发财之目的而往购储蓄票、彩票，是但知以目的达目的也。返而充其能力，勤其职务，方便也。余深信世人之致富而稳健不败者，必有人格之关系。为国民生计而倡职业教育，是谓彩票教育，亦可谓近视教育）。

或者，教育上姑勿谈高深理论，宜取浅易可行者较为切实，人格之解释究属空洞，人格教育杳渺无凭。唯浅易与高深究以何为标的？窃谓哲学问题虽浅易亦高深，教育问题虽高深亦浅易。人格教育与职业教育之理论无高深浅易之别。如以人格之解释为空洞，试问人生问题是否着实？教育事业是否有一定范围？

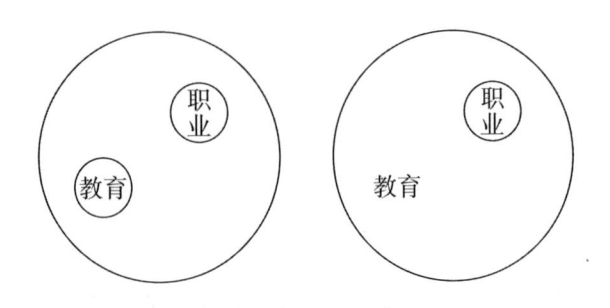

上二图表示教育与职业之关系：外圈假如社会，据上左图，教育有一定之范围，如一职业与其他职业各不相牟，彼所谓沟通教育与职业者，必以教育与职业如上左图之关系，故对于教育主张之解说有切实明白之要求，一如其他职业之容易解决。余之意见，教育与职业之关系当如上右图所示。教育弥漫社会全体，包括人生一切。各职业处于社会之中，无一不立于教育之上，复何有沟通之必要？试问学校中授学生三加二等于五，各职业所用之算学，三加二是否不等于五？学校中教学生当勤勉，各职业之为人是否不必勤勉？沟通之者意将何取？教育弥漫社会，包括人生，即教育充满于人格之内，故彼谓空洞，余曰充实。阐透教育之意，必明人格之解释，二者有密切之关系，即人格教育为思想上不拔之理也。

默察吾国近时职业教育呼声之高，其原因又别有所在。以生计为前提，犹是顺手牵羊之论。近时吾国各学校毕业生之不升学或赋闲者多。无可讳言，教之害之，引为杞忧，曾不失教育家多方注意之好心。唯毕业生不升学校或赋闲，与生计为别一问题。研究其何以不升学，何以赋闲，不归咎于社会，乃归咎于学校，亦毋庸辩。试反省：学校何以不良？为性质之不良，抑方法之不良？如方法不良，则性质之良与不良尚不能下断案。如不问方法之良与不良而擅改学校之性质，是直搅乱而已。一般教师幸免方法不良之责备，亦糊糊涂涂随声附和，而教育之公道与良心已俱已，岂不可痛！吾国现今之学校不过一贩卖知识之商店，却可称为职业学校。教师与学生是职业的交际，学生但知有上课之义务，责问之权利；教师但知有束脩之权利，到校之义务。是职业教师，非人格教师。频频数年，学生毕业贩归，初不料营业之方法、同行之规则尚无学到。此所谓营业之方法、同行之规则者，无他，人格是也。故欲养成学生为社会有用之人，不患无职业，而患无人格。犹之商店不患无货物，而患不知营业之方法、同行之规则。凡我同人，及早提倡人格教育，先认为方法之并无不良，理直气壮，然后再讨论学校性质问题，未为晚也。

　　余又觉近来职业教育之呼声，自外国游历考察以俱来。夫教育与国情为至要之一问题。吾国兴学之初，一切法令制度大半袭自日本。至近年欧战发生，崇拜德国，遽有仿德之倾向。又以美国与我国，同为共和友好，最深亲爱，而至于同化世界各国之主张。职业教育者，美国为最要之。美国向守门罗主义，其所处位置与我国截然不同。全地球之形势，彼为乡村，我为都会。以美国现在之文明，处我国今日之地位，亦未必适宜。况该国自对德绝交以来，已幡然改计，可谓今年之美国与去年之美国竟是两国。教育上主张之变更，必然之理，步其后尘，岂非失算！过时之物，他人所废弃者，拾之归以供养祖先，纵非有意，未免多事。又如菲律宾,亦盛倡职业教育,此为美国之一政策,使之平民化而抑制其人才者也。闻日本也有倡职业教育之事实,而教育家之论锋并不承认,系实验时代,绝非实行时代,此不可不知也。吾国之国情何如,所处之境地何如,将来之希望何如,世界各国,无一国有如吾国之复杂,无一国可以取法。列强环视,动辄开衅,最忌自己分裂,反与人以妥得之便。职业教育足使趋于社会分业极端之弊,而精神分裂矣。尔为尔,我为我,遂行自私自利之病根,国家前途,何堪设想!既不然,将自己国民而平凡化之,造成附属国之张本,不费手续,足以亡国,言之能无痛乎?人格之者,即以国家为单位,精神融洽之状态。故人格教育为保全国家唯一之方法也。

吾国人有一种特别之精神,毁之曰混沌,誉之曰神妙。图画、国文两种可为代表,最合人格教育之本旨。余敢断言,如研究人格教育,混浊者悉归于神妙,生计问题亦解决于"人格"二字之内。衣食足而后知礼义,此文化未发达时代之理想。至今日,必须更读作知礼义而后衣食足也。况乎衣食太足而不知礼义者恒有所见。礼义太知而衣食不足,必非真知礼义,而衣食非真足则不成话说。人类不仅为生存而竞争,必有何等之理想观与目的观。吾国人之理想观与目的观多误入歧途,若不思有以匡正之,则扰乱不已。社会的生活不能健全,而谓个人平心乐业,安享幸福,其可得乎!即人人均有职业,亦不能不赋闲。吾国素号思想国,若能发挥人格,必较他国易收成效。乘兹世界纷纭,余料十年之后必大改面目,急起直追,一跃而可以反弱为强,转危为安,黄祸竟成,亦意中事。谁为保证?非人格教育,无此能力。吾国思想之源,多发自浙省,如姚江学派、永嘉学派、金华学派等,皆为中国思想之中坚。故吾浙人,更不可不研究人格教育,以继续先驱之思想,联合全国之精神,以解决广义之生计,千载一时,刻不容缓者也。

余既言职业教师、人格教师,又对于职业学校倡言人格学校。凡学校皆当以陶冶人格为主,特于普通教育之学校更宜禁止职业教科,以保持纯正教育一般陶冶之本色。例如中学校之办第二部,余极端反对,认为与提倡职业教育之好意自相矛盾,欲求生计,哪知演成死计,青年子弟后悔莫及。至若职业教育,亦不过观念教育,非事实教育。近今仅有女子职业学校,而何无男子职业学校?盖男子必须有职业已成自然法,犹之自然界之物体皆服从引力之法则,故对于物体无须有不可不服从引力之法则。女子可无职业,故设学校以提兴之。职业范围甚广,限于学校所设几科,挂一漏万,何补于实际!故余谓之观念教育,以其有多产的价值寓焉。至若职业介绍、职业指导等,余不认为教育事业而赞同之。应将职业教育别作一解:以职业为名词,教育为动词;又得以教育为名词,职业为形容词。唯具此热心,于社会亦未始无益也。

最后总括数语,演稿勉就结束。漫言道德非人格教育,漫言生计非职业教育,漫言人格以其无所交代而置之不问;或醉心一般陶冶而惰其方法的研究,或托言学生自动而匿其无力之管理。此皆人格教育的流弊,固不可不防也。

丁巳秋季始业式训辞

1917 年 9 月

秋暑尚炎，学年更始。此假期中诸生做何事业，决不虚度此大好光阴。关于地方教育，有无稍尽资助之处？放假时各教员所授宿题，谅已一一完答。僻在乡间，时事消息，虽不灵通，而 8 月 14 日对德宣战之大问题，当有所闻，如不放假，亦宜集诸生施临时训话。今日始业式，即欲与诸生言宣战与教育之关系，无他，就是"更始"二字。贫弱如中国，何能与连战不败之德国宣战？各国贺电迭至，虚张声势，国际上占得同等位置，内则恐惧，外则冒险，此皆未明宣战之作用也。余以教育眼光观察，对德宣战非目的也，方便而已，手段而已，无所恐惧，无所冒险。去战争之事实尚远，以宣战为振刷国民精神之方便，以宣战为统一国家争端之手段，未始非中国更始之一大好机会也。

欧战数载，议和无日，其结果如何，虽不可料，而自此次战争后，世界更始，可以断言。乘世界更始而中国更始，则非自教育更始不可，否则不免于恐惧冒险。或曰自今日教育更始之影响，对于目前之宣战，如何来得及？要之世界更始，即世界教育更始、中国更始，如能自教育更始，则卷土重来，所谓国际上占同等位置者，亦非虚语。故余所谓中国更始者，不徒乘战争之结果，世界更始而更始，当乘理性发展之进步，世界教育更始而更始。今日始业式，与诸生言世界更始、教育更始、中国更始，愿共同勉励以谋本校更始。

丁巳双十节祝贺式致辞

1917 年 10 月

当二十世纪思想革新之初，适世界大起战争。吾国处此旋涡，自一方面政治军事上观之，危急存亡固甚可虑；而自他方面思想精神上观之，亦未始非急起直追之大好机会。今日为国庆日，对于国家前途共抱乐观，而祝贺之意在将来而不在目前，不若普通之所谓祝贺，例如婚嫁，对于现在之事而言。立国之要素在教育，要知今后世界之教育，一则以思想之觉悟，二则以战事之结果，必大翻新。从来自然主义之先进不无徒劳，卷土重来正在其时，吾辈从事教育者，实负此重大之责任。昔勾践受会稽之耻，十年生聚，十年教训而沼吴。吾国受耻多矣，今日之祝贺，岂徒事形式，即以生聚教训之义作双十节之特解，以表示吾辈积极进行之决心，并以唤起一般国民爱国之精神。所谓聚而训者，何处是耶？余尝谓学校为有意的组织之机关，即有意地聚，有意地训，以学校之小聚发展而为国家社会之大聚。倘小聚是小聚，不特无补于大聚，或者有害于大聚，则不可为训。

丁巳圣诞纪念式致辞

1917 年 10 月

今日为圣诞,去孔子生日 2468 年,后世景仰之诚、瞻拜之隆,果何为哉?绝非徒事纪念孔子已也,教育不言纯为过去之事。对于孔子做过去之纪念,同时必当为自己做现在之修养,为社会谋将来之利益。纪念孔子,不可以圣人非尽人所能为,须存吾人亦可为圣人之想以自勉。仅述阳明先生语一则为诸生训:"圣人之所可为圣,只是其心纯乎天理而无人欲之杂,犹精金之所以为精,但以其成色足而无铜铅之杂也。人到纯乎天理方是圣,金到足色方是精。然圣人之才力亦有大小不同,犹金之分量有轻重。尧舜犹万镒,文王孔子犹九千镒,禹汤武王犹七八千镒,伯夷伊尹犹四五千镒。才力不同而纯乎天理则同,皆可谓之圣人,犹分量虽不同而足色则同,皆可谓之精金。以五千镒而入于万镒之中,其足色同也。以夷、尹而厕于尧、孔之间,其纯乎天理同也。盖所以为精金者,在足色而不在分量,所以为圣者，在纯乎天理而不在才力也。故虽凡人而肯为学，使此心纯乎天理，则亦可为圣人，犹一两之金比之万镒，分两虽悬绝，而其到足色处可以无愧。故曰人皆可以为尧舜者在此。学者学圣人，不过是去人欲而存在天理耳，犹炼金而求其色足。金之成色所争不多，则锻炼之工省而功易成，成色愈下则锻炼愈难。人之气质清浊粹驳，有中人以上、中人以下，其于道有生知安行、学知利行，其下者必须人一己百、人十己千，及其成功则一。后世不知做圣之本是纯乎天理，却专去知识、才能上求圣人，以为圣人无所不知，无所不能。我须是将圣人须多知识才能逐一理会始得，故不务去天理上著工夫，徒殚精竭力，从册子上钻研，名物上考索，形迹上比拟，知识愈广而人欲愈滋，才力愈多而天理愈蔽。正如人见有万镒精金，不务锻炼成色，求无愧于彼之精纯，而乃妄希分两务同彼之万镒，锡铅铜铁杂然而投，分两愈增而成色愈下，既其稍末，无复有金矣。"

诸生须知此语之要点，即人皆可以为圣人，所要紧者修养锻炼耳。与其多而杂，不如少而精，于立身行事有至要之关系。孔子为精金之古钟，愿诸生炼得一两半两之精金，制一戒指。此戒指不必戴在手上，愿诸生戴在心上可也。

丁巳校友会开会辞

1917 年

吾校友会宗旨有敦笃友谊之语，亦一道德的法则，不但所以图现在学校生活之圆满，亦所以图将来社会生活之圆满。他如父母不可不孝顺，兄弟不可不敬爱，亦不过一道德的法则，所以图家庭生活之圆满。凡道德的法则，必有与此相抵触之不道德的法则。何以言父母不可不孝顺？因未能尽人孝顺父母也。何以言兄弟不可不敬爱？因未能尽人敬爱兄弟也。何以言友谊不可不敦笃？必吾校友未能尽人敦笃也。同学之友谊固为友谊之最笃者，而尤有与此最笃之友谊相抵触者，为何？曰乡谊是也。彼同乡会且以敦笃乡谊为宗旨，是以敦笃乡谊为道德的法则也，而亦有与此相抵触之不道德的法则。此为比较相对之关系，非乡谊与友谊绝对抵触也。以校友会为单位而论，友谊与乡谊不无公私之分，尚友谊必为公义，重乡谊必为私利。余有感于本校毕业生偶有以乡谊害友谊之事，极为不取。又闻在校学生中，屡有同乡集会之事，嗣后当无形消灭之，以消灭乡谊为敦笃友谊之具体的办法。余非反对乡谊，异地同乡偶然相遇，全以亲爱之念，相聚言欢，固无所谓私，亦不至有妨友谊。而诸生常住于此，可以不必也。

区域之见，大不利于教育。吾国人厚于乡谊，薄于友谊，其心理上之病根难免"私利"二字。余屡言人格，若无明白说法，重友谊而轻乡谊，思过半矣。友谊为完全人格之所用，虽私亦公，乡谊有妨害人格之流弊，虽公亦私。余去年赴北京，有乡人告我上虞同乡会馆在某处，余不愿去。在都城而以县言同乡，数将盈千，眼光未免太小。岂不知求友之难，为社会生活之切要问题，吾浙地积亦不谓不大，交通且极不便，假使在极南之某县人，欲思与极北之某县人相交，实非易事。本校学生籍贯六十五县以上，同堂三百七八十人，可为求友之大方便，此吾校友会自然之特色，亦余力创人格说苦心之所在，全体校友不可忽焉可也。

欢迎各师校职员学生演说词

1918年3月

孟子曰:"天下乌乎定?定于一。"教育之功何自归?归于一。天下之所以不能定于一者,必其教育之不能归于一有以致之。故可依三段论法而下一断案,曰天下乌乎定?定于教育之归一。中华民国教育之归一,即成中华民国之人格。第归一之方法颇可研究,于不一之本,则须以不一之法,而后可使之归于一,此一定之理。例如教育上之研究个性,有一刚强之儿童,承其刚强而甚之,大非教育之道。试以七色喻个性,赤者赤多,而其他六色不足,教育之法宜补其所不足之六色,而得成为共同之白色,绝非以其赤多而又甚之。使全体国民成各色,而不得成共同之白色,即不能归于一,而天下不定矣。

教育思想之多于一亦然,近时所谓艺术教育、公民教育、人格教育、职业教育,非故倡不一之意见以使之多,实亦不外于不一之本,以不一之法而使之归一。吾国地大,各省情形不同，吾浙有吾浙之特别情形，固不可以吾浙之教育主义，一中华民国之教育，更不可以某省之教育主义，以强一吾浙。强一各省，则中华民国之教育永不能归一，而中华民国永不定矣。例如近来江苏主张职业教育，余虽表示不反对，唯决不反对江苏不可行职业教育，余非江苏人，不敢断言江苏决无职业教育之必要。或者欲求中华民国之教育归一，江苏不得不提倡职业教育，而以职业教育即为中华民国教育之归一，则不可也。至于吾浙，即无提倡职业教育之必要，而所以使之归一者，敢举一端，国家观念是也。

　　光复以来，吾浙不受军事损害，固属幸事，窃有所过虑者，国家之影响屡次不及吾浙，恐国家主义之思想不无减却。此次寒假旅行，同人过鸭绿江，大受安奉南满之刺激，其事实何尝不早知之？知之而又得感触之，此之谓观念薄弱。故吾浙人僻处偏境，国家观念之薄弱无可讳言，究其原因，实由于国家观念之误解。国家观念与名利观念之混合，有此观念，必欲得而甘心，固吾国人之通性，例如爱古玩，必欲购之归以为快。故唯袁世凯氏始有国家观念，此为私的国家观念，亦中国历史有以造成之，其误解孰甚？反之自命不好名利者，恒谓国家大事于我何与？是以国家观念即名利观念，亦属大谬。夫教育果何为哉？教育学中不曰为国家而有教育之必要乎？余且更进一解曰为教育而有国家之必要。国家者，人生竞进之单位；教育者，人生竞进之事业。况吾浙地势所处，近今国际所迫，补其短，揭其要，愿吾师范同志一研究焉。

校友会成立十周年致辞

1918 年 4 月

本校承前两级师范沿革，迄今年已满十周。校友会同自戊申成立，经五年又五年，今日之大会，可谓承十年之末，而开第十一年之始。所感者前五年之校友会，与后五年之校友会有不同之处，亦即校友会进步之处。前五年之校友会，非学校的校友会，为与学校对待之学生团体。学生任校友会务，有一种私的热心，其兴味固逾于任学校事，盖以学校之事为教职员之事，而非学生之事，唯校友会为学生自己的事。而教职员不以校友会为教职员之事，亦无可讳。自癸丑改组后，渐渐能将校友会与学校相结合，知校友会为学校之校友会。而前次开大会时，余拟改两期为提议，某生为学生发表意见，仅此数次大会，不赞成减少一次。余虽仍其意而不得不指其用心之非，何则？学生发表意见，岂仅有校友会大会，正当之意见随时尽可发表，不正当之意见，即在校友会大会，宁无顾忌？余且以多开一次大会，可多得视察学生品性之一机会。或谓校友会开会，学生之举动不受操行之取缔，此欺学生，而仍取缔于不觉不可也。校友会之会长，与学校之校长既同一人，不当有两样态度。如有两样态度，即有假面具，此假面具即校友会与学校间之大隔阂。故余自今日观之，前五年之校友会，与学校全相离，后五年之校友会，与学校虽已结合而尚不能云无隔阂。所愿今后除去此隔阂，夫然后学校与社会亦不隔阂。是故欲谋学校与社会不隔阂，必先去校友会与学校之隔阂，即力除教职员与学生间之假面具，尤其力除教职员与教职员之假面具、学生与学生之假面具，所谓联络感情庶乎可。

国耻纪念训话

1918年5月

国耻国耻，习言习闻，究其何可耻？则曰日本之要求条件，无力与战，不能拒而痛认，岂不可耻？要知此为可耻之结果，而非可耻之原因也。另有可耻之原因，故不能拒不能战，余于寒假旅行有所感焉。

不能拒不能战，国家无力之证也。知耻近乎勇，无力即无勇，焉能知耻？此所谓勇者，非狭义之勇，包括国民道德修养而言也。国民不努力，则国家无力，犹之蹴球气不足，何能竞用乎？故余之所谓可耻者，为国民道德问题，倘国中事事不能充分收其效果，或枉费，或徒劳，则社会生活不能圆满。夫人生诸事业，皆成立于"勤勉"二字，圆满于完全发生效力。例如购物，有值不值；劳力与生活，亦有值不值，所谓勤勉绝非例外之苦事，不过劳力与生活值而已矣。国家费多少之金钱，营多少之事业，亦有值不值，社会上各种交际，亦有值不值。值即完全发生效力之谓，非彼此勤勉不克臻此。以日本今日之物质文明，已将欧美并驾，余等旅行至箱根江岛名胜之地，设备与待遇之周到，每日需费二圆五角，同人犹以为贵，乃至奉天某旅馆，需钱较大，而恶劣不堪言状。我国之人力、我国之物价，岂高于日本乎？无他，社会之交际不值也，所费金钱不能完全发生效力，又岂独旅馆为然哉？

尸位素餐，人生大可耻之事，而余更进一解，即不尸不素，而位与餐之权利与其义务不值，致事业不能完全发生效力，亦为可耻。有一商店，既受顾客之金钱，而不与以货物，犹之尸位素餐，社会上本不应有此事，倘货物与金钱不值，亦必不能持久而卒之倒闭，国家亦犹是耳。我中国一切事业，尚不能云无尸位素餐，何论乎权利义务、完全效力？既高尚如教育事业，教员固不能有尸位素餐者，而谓权利义务完全发生效力，则不敢信。今日集诸生施训话，校长实先与诸教职员共同自训，盖为校长为教员，比较为学生容易有可耻之事。国耻国耻，纪念纪念，口头禅何补于事，须各人自思有无可耻之事，即对社会有无不值之事，有无权利义务不完全发生效力之事。合国民全体可耻之事，铸成国耻，天下之大，匹夫有责，此之谓也。

一师十周年纪念会致辞

1918 年 5 月

　　光阴荏苒,经十年如一日。本校自戊申开创以来,历任职员,历届毕业生、修业生,不下千数百人。平时均羁于职务,吾浙交通又阻,叙少离多,今日十周年纪念大会,远来者亦颇踊跃,可谓本校未有之盛事。亨颐忝为现任校长,且为创校时之一人,略述开会辞,以申纪念而表欢迎之意,使在校诸生亦知本校创立之由来,与当时维持诸君之苦心,并为本校共图将来发展之进步。十载光阴,回首如昨,而十年以前之社会情形与教育状况,却与今日大有不同之处。当本校开办之时,本省官立学校尚少,两级师范以贡院改建,为全省之创举,其内容之复杂,办理之困难,绝非一二人所能支持。开校以来,职员进退固多,要知在校任事一日者,皆对于本校有维持之功。因思人生之原则,即从"人"字形体可知,其构造最简单,自两笔而成,普通写法稍有长短,短者依于长者,而长者亦借短者以支存。锥形之切面，皆为"人"字，即将"人"字以垂线为轴，回转百八十度，即成锥体。可悟人之所以立于世者，由多数之同人彼此依存。此锥可喻本校，开创以来之同人，无一不有维持之功也。此锥形又自其横切面观之皆为圆，近尖端则切面愈小，反向延长，则切面之圆为无限大。又可悟既由维持诸君立成此锥，助成此校，而历届毕业生则皆为增高此锥增大此横切面之要素，凡曾在本校肄业诸君，无一不有增高增大之力。所可感者，人生非合群不成，吾人皆在此锥范围之内，向尖端进行乎？抑向无限大进行乎？前者切面愈进愈小，事事不满意，而生活日蹙，流于消极，未见其可，必也向无限大发展，而愈滋迷惑，在所不免。处今日时务，抱积极主义者，恒为冷淡派所笑，而自己之面积日渐缩小不知也，及达尖端，时与人世相隔绝。开会纪念，果何为哉？孔子云：再思可矣。诚以三思之方向，偏于尖端，不思者欲切面骤大，亦不稳健，再思之状态，即继续依次增大其面积。凡我同人，协力进行，不独本校之幸也。

教育无界编
——应青年会演说

1918年5月

尝闻普通交际或集合招待，有所谓各界来宾者，余每以为浅见。然如政界、军界、商界、绅界或犹可言，至学界与教育界则更不以为然。学界即教育界，教育界即学界，而何以独有此二种之习惯称，尤可研究。细思之，学界者他称，教育界者自称，故恒闻他们学界，我们教育界。而门户之见生，不若军界非军人必不与其列，商界非商人必不在其数。盖学界中亦有非教育者，人尽可师，复何有他们我们之别，余故特立一标题曰教育无界。

展阅地图，画有界线，到处墙垣，立有界石。界者所以示区分而拒他族者也。区域之见，时人多以为非。如府界、省界正思有以融化，诚以不利于国家。而国家则万不可无界。今日列强之战争果何为其最后问题，即国家之界，如曰国家无界，则必无战争。而国家之界决不仅为战争，稍广义言，国家之范围，不过人生竞进之单位，战争者其最后不得已之解决而已。上古野蛮时代，但知自己一家，或极小范围之种族，自己种族以外皆视为仇敌，即其对于"界"字之观念，范围太小故也。可知界之范围之太小，故也可知"界"字范围之大小，与文化相比例。然则漫言世界主义者，并国界而亦非之，岂足为训乎？人生无竞进之单位，其何以发展？其理性而为万物之灵，将与禽兽无异。余故又倡一语曰：国家有界，教育无界。国家有界，教育何以无界？有国家之界以为界。余所谓教育无界者，必根据国家有界而言。教育无界国家无界不可也，国家有界教育有界亦不可也，教育有界、国家无界更不可也。吾中国之教育有界乎？无界乎？吾中国之国家有界乎？无界乎？此今日愿与诸君共讨论者也。何谓教育有界？国家之其他事业，彼此相对各有一范围，故于国家有界中，各有所谓政界、商界等宜也。诚以此种事业，皆为国家一部分之事业，独如教育万不可例此。教育者即以国家为单位，否则即教育有界，如下图：

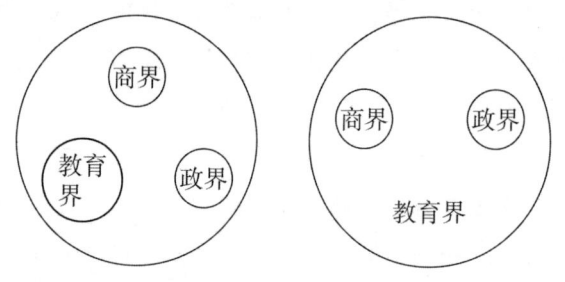

我中国办学数十年为成效不著者，概言之，学校与社会不相结合，学校是学校，社会是社会。其根本原因，即教育有界故也。教育是教育，国家是国家。此次寒假旅行日本，察其教育之长，所不在形式，不在方法，而在教育确以国家之界为界，即绝对的国家主义。国家势力之所至，即教育精神之所在，教育精神之范围，与国家势力之范围全相等。而适接近于我教育有界国家无界之中国。任所欲为，其危急何堪设想，国家何以无界尤不得不归咎于教育有界。余所以身倡教育无界者，即所以拒无界的侵略的绝对的国家主义之教育，达到以国家之界为界耳。如下图以点线示无界，以实线示有界。

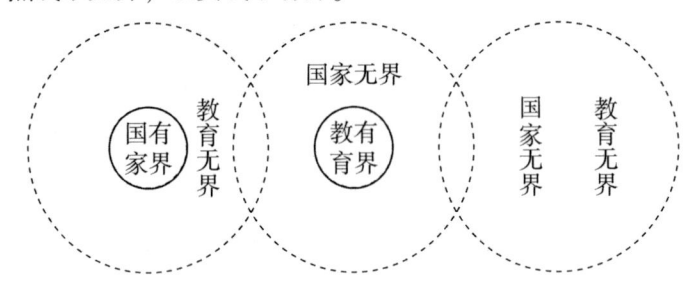

国家无界

国有家界　教育无界　　教育有界　　国家无界　教育无界

教育无界、国家无界者，日本对于我国侵略的教育焉，而其自己之国家时来不知如何也。教育无界、国家有界者，他国对于我国辅助的教育焉，其自己之国家安健无虑者也。教育有界、国家无界者，我中国教育与国家之现状也。虽然与国家等势力等范围之教育，即绝对的国家主义之教育，是不利之教育，固宜注意。而所谓教育无界者，更进一层言，教育不但以国家之界为界，即非国家主义之教育，而为世界主义之教育，人格主义之教育，亦接近于我教育有界国家无界之中国。好意恶意固有分别，而形式上弃我教育有界国家无界之隙而人则一也。试以家喻国，自家之子弟，自家父兄宜负其责，可怜我中国一家之子弟，一则时被拐子获去，一则孤哀而受他人之敬养，吾国之为父兄者，其何以为情乎？吾辈为教育者又何以安心乎？

浙江省教育会戊午常年大会致辞

1918 年 6 月

新会所落成后，今日第一次开常年大会。凡我会员，谅皆有一种刷新之感想，自此我浙江省教育会有其基础，勉力进行。外以搏社会之信用，内以尽同人之责任。本会自成立以来，惨淡经营，至于今日，虽不能以理想的发展，自居有何等成绩。第就现状而论，如谓对社会无信用无责任，而汤氏以二十万之捐银，托本会管理，亦足开我国未有之先，如谓本会已得信用已尽责任，而何以三次请愿议会希求补助未能通过。社会自谋进行之团体，尚不见许于人民代表之机关。鄙人忝为会长之不善固也。鄙人忝为会长一人之不善非也，事有一般与特殊之分，汤氏之捐银，非会长运动而来。汤氏对于本会全体特殊之信用也。议会之否决，非会长不运动之咎。议会全体对于本会全体尚无一般之信用也。鄙人今日欲诉于全体会员者，无他，即本会全体对外一般之信用，亦即会员全体对内一般之责任。

鄙人忝为会长，会长之责任非一般之责任，特殊之责任也。尝思会长之责任，究宜尽到如何程度，如会章所称会长总理会务。夫所谓总理会务者，实含有二义：有对外之会务，有对内之会务。任职已六年，今日始有此觉悟，忽于对内，漫言对外，是谓躐等。又恍然我国之教育事业，皆犯此躐等之弊，即各学校教育当然为研究教授学生之所，谁曰不然，孰知亦犯躐等之弊也。欲研究教授学生必先研究教育者如何自己教授。为校长者，恒注意教员如何教授学生，而不注意教员如何自己教授，亦犯躐等之弊也。推之鄙人，忝为会长，恒注意本会对社会宜尽如何责任，而不研究使会员如何对本会尽责任，亦犯躐等之弊也。以学校喻本会，会长犹校长，会员犹教员，一般社会犹学生也。无论教育会，无论学校，广言之一般教育上，均宜分为第一问题与第二问题。以本会喻青年会，却有不同之处，何则中国青年会仅有第二问题已也，其第一问题则在外国青年会。昨在该会举行学生演讲竞胜会，此等事本会自可仿行。而本会之所以为教育研究之机关者，实此等竞胜会，宜先一步易其形式，就会员举行，就教员举行，庶不仅属第二问题，而属于第一问题。吾国办教育十余年，自鄙人观之，其弊即在躐等而研究第二问题，在不知教育者，宜其仅瞥见第二问题，如本会今年所建议于议会之浙江大学案。人咸以为培养人才为目的也，而鄙人以为培养人才，尚是第二问题，所谓第一问题者，为其先一步之留养人才，不言留养何以言培养乎？故大学一案，实以留养人才为吾浙教育现状之第一问题，犹之教员自己教授，为学校教育之第一问题,会员共同努力,为本会发展之第一问题。诚以第一问题为根本问题也,第二问题不过当然之事业,深望本会全体会员,先将第一问题确立,则一般之信用,得昭著于社会。不特第二问题可以圆满,且更可扩充而言第三问题,方可为得一般之效果。集同志而研究教育,既有此会,以研究所得贡献于社会。既有本会之各事业,而闭户自囿,拘于畛域之见,一若教育会是特殊之一团体,与其他如机关各职业不相联合,以致社会上之有力者,不以教育为职务,即不与本会相关,实非所以谋人生共进之道,而教育亦流为局部的事业,窃为本会不取。彼如教育会,明知必以教劝人不能强之入彀,故有青年会之创,网罗一切人才,以达人生共进之目的,却非仅以信教之初步为其作用。吾教育会亦当有此种扩充之计划,别创一会,使非研究教育者亦得有一集合。盖人生问题,无一人不宜研究者也,有比例式:

教会:教育会=青年会:X

此 X 即鄙人所谓第三问题是也。愿全体会员勿徒以第二问题之当然事业为本会之对象,请先致力于根本之第一问题,协同以求 X 而进于第三问题。

戊午毕业生送别辞

1918年6月

世之昧于人生观者，视吾辈今日之送别会，非假意酬应，必虚行故事，无何等价值之可言。吾辈自思，亦不知究有多少诚意，酒者不足以表示，演说亦类多例谈。细思送别会之价值，固非泛泛可白，仍不得不自人生问题着想。吾辈相聚一堂，与其于近日观察送别会之价值，不若研究开会以后之如何。送而别之，嗣后与被送别者彼此断绝关系，不复以同志相许，不复以人事相通，一经此别，相见不知何日，分道扬镳，永不交际。悲夫！有如此情意而开送别会者，余不愿闻。而所谓送别之价值，在当时更不知若何其激切，但一闭会，则彼此心愿俱了，岂足以语吾今日之送别会哉。今日之送别会，不必问有多少诚意，目的在造成今后之交情，故其价值，宜于闭会后观察之也。处世之道，无非处理交情之变化，处世之难，难在交情变化之无定。送别会者，交情变化之关键期而已。变化之结果，切勿自多而少，自有而无，为断绝之送别会。今日吾校友会之送别会，交情之变化，为有定的。在校生变而为毕业生，学生变而为同事，范围增大，其结果为自少而多，自无而有。所愿毕业生今后尊重与母校之交情，以之处世，庶乎近焉。

戊午暑假修业式训辞

1918 年 7 月

　　一学年为一大反省之期，自学校方面观各级诸生，年年如故，五年级仍是五年级。而自诸生方面观，递年进级，情况不同。且不谓入学以至毕业，五年间必一辙，学校行事逐年有所变更，则某组在校五年之情况，与他组在校五年之情况，目接心领，亦有不同。至若他校聘任教员年易一年者，则遭逢际遇更属无定。今之为学生，固亦有运命欤？此一学年间诸生之运命如何，试先述余自己心境上观察。十周年纪念之盛况，明远之精神，洵属可嘉，其他事务亦尚满意。而何以近日觉有耿耿不快之感，最足资余研究者，为李叔同先生解入山之事。良教师不堪留用，校长之失职也。而李先生非他就而入山，留无可当，推其解职之原因，诸生不屑教诲欤？校长与诸教员不堪同道欤？皆非也，盖厌于人世也，视学校事及一切人生问题无有是处焉。而余实亦间接受其消极之影响，且影响于学校。入山之事，屡对人言，可钦而不可为训。但自问实有似是而非、将信将疑之态度，有时烦恼时，亦偶作如是想，今而幡然自励，在此一日，决不容丝毫有此种思想。余尝言人格，无他即人生圆满之标准，能圆满此标准，而后可进于佛说。盖佛说以人格为最始之单位，而吾辈犹是以人格为最高之标的，忽于人格，径读佛说，即是躐等。余最恨近时之皮相文学家，以佛说为流行品，欲假此以为方寸之术，即人格尚未圆满，而超乎其上以自尊，舍本逐末，莫此为甚。他日诸生学有进境，精益求精，超人格而研求佛说，固无不可。而在校期内，今日特宣布一禁令，不准读佛，以免消极躐等之流弊。西湖名胜，甲于天下，要知吾浙之士气，几为其消磨殆尽。诸生于暑假中，或有寓此以消夏者，认为游息之地则可，认为修养之地则不可，未秋先寒非其宜也。炎暑慎重，其各自爱。

戊午毕业式训辞

1918年7月

今年元旦，余有自训一语曰：愿为社会做马牛。盖岁在戊午，余生于丁丑，故云。今日毕业式，即以此自训者训诸生。毕业后何所事？当然任教育之职，而或不免与其他职业，以一般名利相计较，即非所谓为社会做马牛也。然则何故愿为社会做马牛？徒自嗟叹，亦属勉强，余以此数字置座右，思之思之，至今日稍有所觉悟。此语自为儿孙做马牛脱来，而其理亦相若，为儿孙做马牛，天性也；为社会做马牛，天职也。为儿孙做马牛，数千百年来构成依赖儿孙之通性。余之所谓为社会做马牛者，亦有依赖社会之希望，今后余认定教育事业当依赖社会，故愿为社会做马牛。行政立法徒束缚教育而已，欲言发展难矣哉，原来教育之效果，决不存在于规则方法之间，而存在于社会之信用与教育者之人格之间。余尝探询友人之能言教育者，吾浙师范生多矣，其缺点究在何处？答曰无教育思想，绎其意即不知教育者之天职。今日所授予诸生之证书，视为权利之左券乎？抑视为义务之任状乎？毕业生成绩之优劣，可以此二语区分之，亦即可以为社会做马牛一语概括之。诸生自今日离母校而入社会，母校非可依赖也，可依赖者社会也。其各勉旃。

戊午校友会致辞

1918 年

某教育家有言曰：教育即生活，而非生活之准备。斯言于此次旅行日本视察教育得之，反省吾国实坐以教育为生活准备之弊，而使学校与社会为二物。余尝言校友会为社会小模型，今思之亦何必谓之小模型，谓校友会即社会事业之一种可也。教育即生活，学校即社会，学校与社会无所谓联络，无所谓密接。盖无论如何联络，如何密接，其观念犹认学校与社会为二物。日本之学校教育，竟不知学校与社会之分别矣。吾国各校学生对于学校生活、膳食居室，时有不满之感。试平心而论，得能如学校之膳食，如学校之居室，以终其身，夫亦可以知足，而何以在学校以为不满意，诚以学校与社会为二物。学校生活为特殊生活，非终身生活也，则学校中之一切习惯，亦暂时性质。余有感于校中之善蹴球者，毕业后绝对不一蹴，在学与出校，判若二人。推之品性而亦如是，则所谓教育为生活之准备者，不亦全属空谈耳。学校与社会之联络，习闻之矣，商店与社会之联络，斯言必以为可笑，理论上实无所区别，不过学校是具体，社会是抽象，学校宜为社会之先觉机关，所以与商店不同。所谓教育即生活，实为切中时弊之至论。以此观念，认校友会事业即社会事业可也。

学艺会开会辞

1918 年

学艺会之目的,首在促进本校教育之改善,使学生以平日所学习者,发表于多数人之前,互相观摩,养成将来在社会自动之能力。未周之处固所不免,倘蒙来宾加以指示,则裨益于本校,固非浅鲜。此今日开会之第一目的,借以图学校与社会之联络者也。夫学校之组织,一为教者,一为被教者,不为此二种人,不谓学校之作用,亦不外此二种人相互授受已也。学校之被教者,非学校之教者,亦宜有所授;反之对于非学校之被教者,学校之教者,亦宜有所授,此学校与社会联络双方之作用也。如有进者,近今吾国思想之隔阂,学与艺分而为二,有学无艺,有艺无学。所贵乎教育者,能于"学艺"二字,使之结合斯可矣。

和平教育

——省教育会欢迎县视学演说

1919年3月

和平之声，发生以来，为时不过数月耳。吾浙于此和平声浪传播全世界之时，而有青年团之发起，一若青年团为和平声中之产物也者。夫和平能产生何物，何物能产生和平，此至可研究之问题也。和平之自身，固有所产生之物，然而和平自身以外，亦必有产生和平之物在。故"和平"二字，一方面能产生他物，一方面即为他物所产生。今日之和平，其所由产生者，果何物乎？吾以谓今日之所谓和平乃不得已之和平，非确有产生和平之物者也。人心厌乱，军阀派亦困于武力，彼此精疲力尽，故有得过且过之态，于是和平之声，从此而生。欧洲会议、南北会议，大小如出一辙者也。夫正义人道犹如旭日，和平以前特为黑云所蔽耳。近日正义人道之渐为世人所注重者，不过揭开黑云而已。黑云既揭，旭日自现，非黑云能产生旭日也。

吾侪今后之责任，唯在肃清空气，永使黑云不蔽旭日而已。思想者，人生之空气也。和平教育者，肃清人生之思想者也。国人而欲肃清思想乎，愿于和平教育注意及之，若不和不平之教育，吾未见有能济者矣。

曷言乎教育之不和也？教育上各种主张之分歧夹杂，固无有甚于今日者。自有动的教育之创导，而近今诸学说，不啻皆为其革新之先声，故教育理想上已无所谓不和（参照本报第二百二十九期《最新教育之三大主张》）。兹之所谓不和者，就教育与社会之关系而言耳。余尝言：教育无界，教育家非专门家，即希望教育与社会之和而已矣。无论居何职业，但能留意于人生问题，即无不具有教育者之资格，以教育事业而委诸少数学校人员，则其待遇生活，一若别有单位，故每有孤高之气，不愿随俗浮沉，不免与世冷落，遂使教育事业立于社会以外。闭户造车之咎，其何可辞？昔人谓人之患在好为人师，吾则谓一般人生之患则在人人不好为人师。余愿今后之教育者，让出若干分教育权，又愿今后社会中人，分担若干分教育职，此青年团之产于教育之和也。

曷言乎教育之不平也？制度划一，不论智、愚、贤、不肖，同受铸型教育，可谓平焉已矣。然义务教育一日未能实行，国民有受教育者，有不受教育者，可谓平乎？此所谓义务教育者，为为父母者之义务，为父母者不尽此义务，则强迫之，强迫之则不平更甚。吾国今日之教育，为殷富者所独享，公家经费虽不多，然其大部分，多取自穷民，而乃其利益全数供诸殷富。天下不平之事，无有过于此者，所谓平民教育者，无非欲得义务教育之实，而除去其强迫之性质者也，故平民教育尤难于义务教育。强迫教育者，为为父母者之义务教育；平民教育者，为教育者之义务教育。为教育者能明教育者之义务教育，则一般社会中人亦能明社会中人之义务教育。教育不待强迫而能普及，此青年团之产于教育之平也。

概言之，青年团者，和平教育也，虽非和平之产物，而乘此和平声中提创青年团，不可谓非大好机会。吾国今日之地位，往者已矣，来犹可追，若能切实进行，其成效决不落人后，近如日本，创办青年团虽已有年，而君主之黑幕未去，军阀之野心未偃，为笼络国民计，勉强有内务文部两大臣联署之训令（参照青年团第一号译稿）。敷衍虚文，无提创之诚意，有责备之隐情，而不阴不阳之民主主义，又为之中梗。较之吾国官厅居发起筹备之责者，相去已不可道里计也。唯兹事体大，又属创始之际，入手方法，尤赖实地调查。负斯责者，莫如视学诸君。办铁路先勘路，办矿务先探矿，视学实为教育行政之先导。"视"字之意，有勘与探之性质。青年团固非可轻举，诸君于视学之时，勘之探之，积极行之，虽全浙之大，指日可以成立。馨香顶礼，欢迎诸君，欢迎吾浙之青年团。

愿牺牲就是新思想

1919 年 11 月

这个题目，是我在山西督军署演说的。并不是在督军署讲演有什么光荣，我要表明他们的督军省长，知道做这种事情，并且很虚心地要我们批评山西现行新政不妥当的地方，我觉得实在难得。好讲的题目，随便敷衍敷衍也很多，我仔细想想，有了这样的机会，再不诚恳地讲几句，非但对不起山西，就是我的意志也太薄弱了。有人说山西没有新思想，其实思想究竟是什么叫作新，什么叫作旧，我也有些不平，我这个题目，明明有新思想的字样，却是表明我不愿谈"新旧"两个字的意思。觉叫"德莫克拉西"和"鲍尔雪维克"并不好算新思想，据我看来，新思想不新思想，就在愿牺牲不愿牺牲，我所以定了这个题目，叫作愿牺牲就是新思想。

今后的人生，叫什么新生活，有四个要素：平等、自由、博爱、牺牲。

这四句话好像是并重的，实在"牺牲"的一句，可以总括它的三句。彼此不愿牺牲，万万不能平等；不愿牺牲，哪里可以自由；不愿牺牲，更说不到博爱。

牺牲究竟牺牲什么？我们假冒共和已经八年了，现在南北和议还是这样情形，为什么呢？就是彼此不愿牺牲。彼此不愿牺牲什么？很浅近很明白是不能牺牲"名利"。我今天要讲的愿不愿牺牲，却不是"名利"二字。名利的牺牲不过是个人的牺牲，不是公共的牺牲；是消极的牺牲，不是积极的牺牲。我想名利本来说不到牺牲不牺牲，就是说不到新思想不新思想。南北和不和，确是能牺牲名利就得了。人生前途的和不和，据我看来单讲牺牲名利还不够哩。

我要讲的牺牲是什么呢？我就根据阎省长的民德篇里面"进取""合群"两句话，你要进取不愿牺牲，就不能合群；我要合群不愿牺牲，哪里可以进取。我最不要讲一个"界"字。普通叫什么军界、政界、学界，还要总括一句其他各界，这一界要想进取，和那一界不能合群；那一界要想合群，难免使这一界不能进取。我看现在社会上种种冲突的原因，大家没有注意到过这个"界"字，再从平面的"界"字，更进一层生出全体的"阀"字来，叫什么军阀。政界里又分出什么政党，学界里又分出什么学派。我是终算学界里一个人，要骂他们军阀要骂他们政党，先要自己忏悔这"学派"两个字。

其他各界且不必说，军政学的三种是全国的根本要素，不过对于国家的任务有分别。军的任务是一个"保"字，政的任务是一个"治"字，学的任务是一个"教"字。这三种的任务，且有相互的关系。就是保者对于治者是被治者，对于教者是被教者。治者对于保者是被保者，对于教者是被教者。教者对于保者是被保者，对于治者是被治者。我们中国现在的情形，好像做了保者不愿做被治者、被教者，做了治者不愿做被保者、被教者，做了教者不愿做被保者、被治者。存着这个心理，哪里说得到"牺牲"两个字，还要说什么新思想不新思想。

讲新思想的终是教育居多。我有一句要紧的话，要讲新思想先要牺牲一个"派"字。反面说起来，不愿牺牲一个"派"字，就是一天到晚唱"德莫克拉西"我是决不承认他有新思想。什么东洋派、西洋派、国故派、新学派、师范派，那是简直不成话说。就是讲学问，什么阳明派……都是自取烦恼。教育本没有什么新旧。旧的宗旨不好，换一个新的宗旨；旧的主义不好，换一个新的主义，我终不安心。为什么？要换终是不妥当。今后要讲教育，简直不能讲什么宗旨什么主义。本届全国教育会联合会有一个议决案，"废止教育宗旨宣布教育本义"就是这个意思。要知道宗旨和主义就是演成"派"字的起因。况且教育的本义是研究"人应如何教"，从前都误认了"应如何教人"，所以有什么派的一种积毒。学生本位这句话，也就是"人应如何教"的意思。嗣后教育上如还要讲什么主义，讲什么派，先自己失了教育的资格，漫口骂他们军阀，骂他们政党，真真是可耻的事。

再说治者应当牺牲什么？共和国是叫作法治国。治的是官，这个法是哪里来的？做官的终要打官话，不管能行不能行，以为做了官终可以打官话，并且误认了打官话好算法。现在有了立法机关，做议员的更误认了开着口好算法。所以立法和行政往往权限不明，你打官话要算法，他开口要算法，免不了两相冲突，实在都不知道法的真正的来源。

法的来源在什么地方呢？我概括地讲起来，是从国民的道德程度抽象出来的。法治国的教育上应当普及法律知识。原来道德是法律的生命。教育上普及法律知识，都要讲个明白。使人民知道法律，人民就能够守法，这是用民治政的计划，我是老实说不敢赞成。就是君主国也有普及法律知识的必要，何必叫作法治国。要知道法治国的意义，最要紧的就是治者明了这个法的来源。不愿牺牲终是不能明了。为什么呢？治者的毛病是不愿牺牲一个"权"字，法治国治者的权，实在很小。我主张普通教育上要增加法律教课的时间，是用立法精神来教授，绝不是使他守法的意思，一方面不能不劝告做治者的明了这个法的来源，愿牺牲一个"权"字才好。

还要讲保者应当牺牲什么？保者就是军人，保护我们的人，我们的确应当尊重的。为什么现在大家听到一个"军"字就要嫌恶，看见一个军人叫他丘八老爷，实在是骂不出口。我要研究研究嫌恶军人和尊重军人的心理。有某处发起童子军，竟提出不愿意用这个"军"字，嫌恶军人连一个"军"的字都嫌恶了。我就想想童子军为什么要用这个"军"字？原来军人是人生特别的一个单位。广义的解说，这"军"字实在是能耐劳苦的代名词，做了军人比普通人格外的劳苦。把这个意思来教练童子，所以叫作童子军，绝不是学军队的皮毛。能耐劳苦应当尊重。现在的军人多忘却了这个能耐劳苦的本义，只有虚骄的皮毛，所以惹人嫌恶。

今后的人生，无非要提倡能耐劳苦，就是叫"勤劳生活"，不愿耐劳苦的生活，都要革他的命。军人能把他能耐劳苦的本义发挥提倡，岂不很好。可惜这很好的精神，被虚骄的形式遮住了。要希望军人提倡劳苦，先要希望军人牺牲他虚骄的形式。"军"字不要当作武力解，要当作勇气解。从前不是兵的服装上标一个"勇"字，好像这"勇"字是兵队专用的。到了现在，广义解说勇气，是精神修养的一个德目。未开化的时代，普通人民不知道团结，就是"团"字也是军队的字样。所以我想人类的进化，是把军队渐渐普通化的倾向。童子军这件事，就是把根本的"军"字使它普通化的起点。我更盼望做军人的自己牺牲，进化的速度，岂不更大？对着教者牺牲一个"派"字，治者牺牲一个"权"字，军人就是保者，牺牲他虚骄的形式的一个"威"字。"威武不能屈"这句话，本是威武不能屈。我的意思，如今不能做这样解，实在是威武不能屈人了。教者、治者、保者都愿牺牲，派也没有了，党也没有了，阀也没有了。我不是恭维山西，山西有可以首创可以实行这句话的希望。

我看看山西的情形，觉得有一种"不分畛域"的优点。别的且不讲，我最注意的是"学兵团"，细细研究这个名词，文法的解说，照陆军步兵第九团读起来，团是名词，学兵是形容词，"学兵"两个字，学字又是"兵"字的形容词。但是我还有一个解说，"学"字和"兵"字都是名词，"团"字当作动词，这学兵团是把学和兵团结的作用。但是这句话有极重要极可注意的趋向。学和兵把他团结起来，还是要使普通人民来军化呢？或是使军人来普通化？倘是要使普通人民来军化，我不能不忠告，这是铸成大错了。我极盼望使军人普通化，这次全国教育会联合会提出一个裁兵兴学的议案，山西的学兵团都是以兵兴学，好像抵触的。倘是使军人普通化的趋向，非但没有抵触，我且认为是裁兵的妙策。山西的陆军步兵第九团，可说是已经裁了。我问得学兵团将来的出路有四种，升学和退伍，是正当的办法，还有留用或充宪兵的两种，据我的妄见，废止了它才好。

　　我还要贡献一个意见，希望山西办一件没有派没有党没有阀可以表示大家愿牺牲的事业，就是"青年团"。这青年团究竟是什么性质？我们中国一般的人实在还没有十分明了，有的还要误解，叫什么社会革命哩，传播过激思想哩，提倡平等自由哩，吓得大家不敢赞助。也有说抵制宗教反对青年会哩。据我看来，这种话都是神经过敏。总而言之，我们中国要把自己的国民加高一点程度，配得上做共和国的国民，难道是不应该吗？我们中国不算没有少数的几个中坚人物，为什么"孤掌难鸣"做不出好的事情来？我看不是别的，实在是社会一般人民的程度太够不上。我就看山西种种气象万千的特政，也还是少数几个有力的人硬提起来的，社会上能不能够接应，还是一个问题。社会上一般人民能不能接应，决不是命令好强迫的，要看有没有精神修养的程度。阎省长是已经明白这个道理，我很佩服山西注重精神上的事业，洗心社哩，自省堂哩，他省哪里能想到这种地方。但是我还要求全的责备，究竟不是宗教，没有一种绝对的精神维持他的信仰，恐怕干燥无味。到了后来，没有什么多大的效果。何妨把这个很好的底子改造起来，想一种积极的方法，从兴味着手，使得大家欢欢喜喜不知不觉地受了一种精神教育。中国的社会，我看枯燥已极了，救济枯燥，要用兴味的手段，这是一定的道理。青年团，青年团，就是有兴味的精神修养，无孔不入的社会教育。

我现在把我浙江办青年团的情形讲给大家听听，并没有什么成绩可以报告，不过觉得社会上很期待这件事。又觉得我们发起的人办事的人还缺少一种魄力。这件事原是要社会自动的，不要依赖官厅。但是官厅和社会我想究竟也没有什么界限。我很羡慕山西有这种特色，又有彻底的精神修养必要的觉悟，创办青年团要算是最适当的地方了。将来的成绩，一定比各省快得几倍，好得几倍。自省堂已经特建了一座很大的房子，我更盼望再特建一个青年团的机关，简直要造三层楼、四层楼，屋顶花园哩，游戏场哩，种种高尚娱乐的设备，应有尽有。各省是想得到做不到，山西的魄力，我知道立刻做得到。并不是办青年团单单办一座房子，我看看各处的基督教青年会，觉得实在省不了。况且青年团的范围比青年会还要普及哩。这是真真可以使外国人惊叹的，山西真真可以做中国的模范省了。现在各省的情形，非常复杂，空空洞洞不负责任地讲什么新思想，实在也不中用。我今天所讲愿牺牲的意思，是从"责任"两字转出来的。牺牲绝不是减少责任的意思。各省不做什么积极的事，说不到责任。山西这样的努力进行，可是当局的人和社会中坚人物的责任，比各省也更大哩。这是我最恳切的一句话，还要请诸位指教指教。

对教育厅查办员的谈话

1919 年 11 月

本月 25 日，教育厅特派科员富光年来校查问，因为省长有训令：

> 查近有《浙江新潮》报纸，所刊论说，类多言不成理，而《非孝》一篇，尤于我国国民道德之由来，及与国家存立之关系，并未加以研究；徒摭拾一二新名词，肆口妄谈，实属谬妄。查该报通讯处，为浙杭第一师范黄宗正。以研究国民教育之师范学校，而有此主张蔑弃国民道德之印刷物品，更堪骇诧！究竟此项报纸，该校何人主持？现在该校办理情形如何？合行令仰该厅长，于文到三日内，即行切实查明！核办具复，从凭察夺，毋延切切！

我就对查办员表示，感谢省长造福吾浙教育前途的意思，为什么呢？我觉得我们浙江的官厅，不必由议会责问或告发，直接查办学校，这是第一次！所以我极其欢迎省长有整顿教育的好意，把本校实在情形丝毫不欺瞒地报告出来。

训令当中要查的有三句话：

1. 《浙江新潮》是不是第一师范的印刷物品？

答：不是。

2. 黄宗正是不是第一师范的学生？

答：是。

3. 现在第一师范办理情形如何？

答：很长。

《浙江新潮》虽不是本校的印刷物品，黄宗正却是本校的学生，我做校长的不能不负责任。所以我曾经叫黄宗正来问过，据说，《浙江新潮》是《双十》改称的，社员共有二十八人，本校却有十四人。通讯处从前并不在本校，发起也并不是本校；通讯是一个干事的意思，也不是主持。我从山西回来，曾看见这张报纸，封面写着第一师范的字样，也觉得有些不便。前一次专任职员会议的时候，也提议到的。以为新潮新潮，大概是研究研究新学说，况且不要学校负责，认为学生个人的通讯，所以不加干涉了。后来看到有篇《非孝》的文章，各教员曾训诫过好几次，现在已经觉悟，他们的社员也已经解散，不再出版了。

问到现在本校办理的情形如何，本要预备正式来呈请备案的。因为现在教育部有许多各校变通办理的意思，所以从本学年有试验和改革的几种办法：

（1）职员专任；

（2）学生自治；

（3）改革国文教授；

（4）学科制。

第一件职员专任的事，教育部曾经催过好几次，本校屡次要想实行。为什么呢？现在我们中国学校的流弊，都是校长专权的缘故。做教员的至多对于教课负责，不是对于学校负责。兼着好几处教课，更没有时间可以研究。本校实行这件事，各位教员是有大大的志愿和大大的牺牲。现在预算并没有增加，就照原预算分配，每员每月只有七十元，比较从前，有几位要减少若干元，教课以外的职务反要加增，并且确能负责任。这回我请假到山西去的期内，校内重要的事情，也能够共同议决实行，这种精神是从前所没有的。现在本校专任职员，暂定为十六人。每星期开例会一次，遇有研究的问题，还要连日开会讨论。所以我对于职员，是认定"集思广益"四字做去。

第二件学生自治。论到教育原理，本没有什么怀疑。但是近来有一部分的人，认为这件事单是管理问题，没有想到人生问题。叫什么解放解放，好像是大权丧失，学校革命，我以为实在有些误会。又有的说学生还没有自治的能力，怎么好不管，以为学生自治，校长、职员是完全不负责任了。别的理论且慢慢讲，我先概括说一句，本校为什么实行自治？是从毕业生方面感触而来的。我办这师范学校总算已经十年以上，平时注意毕业生的状况，为什么这样没有创造的精神，觉得是他们在校几年我害了他们的。觉悟已经迟了，忏悔还来得及。从前也曾经说教育的目的，是要养成自律，还有一句话，叫作一定要经过相当的他律。但在校的期内，完全是他律，自律叫他从哪里来呢？教育学的"训练论"当中，明明有"指导"和"陶冶"两句话。试问不使学生自治，这两句话究竟是什么意义？要待学生有自治能力才能自治，试问一天不使他自治，待到几时才有自治的能力？我的意思，使学生自治，并不是认为他们已经有自治能力。我曾经对学生说，自治成立，成立是从此希望你们自治，现在正式开始写"自治"的"自"字的一撇，还没有写到"治"字的一点。我们做校长、教员的，正要实行"指导"，你们相互地正可以实行"陶冶"。所以我先明白答一句话，本校学生自治，我们校长、教员，决不是不管的，决不是不负责任的。

我还要报告：本校学生自治会成立以后，虽没有好多天，现在实际情形怎样？本校学生自治会的大纲，是专任职员会议议决的。关于自治实行的细则，是完全由学生自动，听他们开会研究，也觉得很有精神。筹备期间，足足有两三个星期。这两三星期当中，解放是已经解放，但他们的自治的规则，还没有出来。我很担心要生出不规则的事情来，现在已经过去，竟也一点没有。我又担心学生自治以后，和校长、教员精神上恐怕分离，倒也不是。因为自己要办事觉得困难，到我们这里来请问的比从前更多，态度并且格外亲切，指导的机会，因此增加得不少不少。至于自治的好处，别的现在还没有知道，有几件事，我已经认为是自治的效力，不能不报告的：

（一）禁烟。为这件事，本校不知道想了多少的方法，用了种种的手段，我老实说出来是没有什么力量。旱烟容易查，禁了旱烟，他们反改吸了香烟，岂非越禁越作孽了。这回自治实行以后，凡吸烟的学生，都愿决心戒了。他们的自治会里面，也有审理部和纠察部。有人吸烟，就要告发，这共同的制裁，仿佛本校一时增加了几百个舍监。才知道"他律，他律"，是共同的制裁，绝不是"压制服从"的意思。

（二）膳厅。现在本校的厨房，是由学生雇用的。学校里的厨房，是办事人受金钱嫌疑的渊薮，这姑且不说。实在物价腾贵，学生哪里知道。使他们要知道物价就是要使他们知道生活的难处，本是教育的目的。"学生少爷"的恶习惯，多半由膳厅养成的。从前学生对于膳厅的观念，等于酒客对菜馆的观念。所以种种计较，略有些不好，当然要闹起来的，和他们说物价腾贵，勉强地压了下去，终不是根本的方法。我仔细想来，除非使他们对膳厅的观念，改为对自己家庭一样，何妨叫他们自己经管，一则可以练习练习生活的道理，二则自己不必计较自己。譬如在家庭里，自己办了自己吃，可以勉强就勉强过去了。本校闹膳厅的事，这几年却没有，不过有时总要计较。这回自治会成立以后，更觉得有"食物何必计较"一种好观念表现。我就大大地感觉，勤苦生活原来出于自动。所以学生自治以后的膳厅，没有闹还是小事，生活的道理和勤苦的概念，从此大有希望。

（三）请假。照从前的办法，星期以外，学生出校一定要请假。我且不说星期以外为什么要请假，我要问问星期日为什么不要请假？难道星期日有上帝代我们管理，学生一定不会做不好的事吗？我从前对于星期日放假，怀疑得多年。我现在反证过来，才悟到星期以外要请假，实在是没有道理。请假是一个"掩耳盗铃"的程序，星期以外出校去的何尝没有？现在他们自治会的规则定每日下午五时至七时可以出去，我把它计算起来，不过一星期添了一个星期日。查每天出去的也不多，到了星期日出去的却减少，统计起来，请假实在何苦。本校从去年起，星期三下午本是例假，本城的学生，晚上可以不回校，现在他们自治会的规则，就是例假日，本城学生也一定还要回校。这是比从前他治还要严厉，我反且教他们可以变通一点。

昨天我们开专任职员会议，我提出一个办法，学生和学校，要使没有金钱的交际。我并不单为洗去金钱的嫌疑，学生即希望他自治了，膳费和课业用品费，何必缴到学校代办。我又恐怕误会我们做职员的推出不管，所以提出讨论，结果仍是和我的意见相同。恐怕他们不能自治，算不来提倡自治。所以已决定把学生用费一概发还，并且预备把保证金也发还。学生进校的时候，他的家族不必筹集几十块钱来缴，随时直接寄给该学生。会计处备了一种小簿册，愿意来存储的，如同银行临时存款的办法，也代他们存储。我以为从来学校的弊病，简单一句话，学生对于职员，总有一个疑窦，金钱关系也是一种。所以我对于学生，是认定"开诚布公"四字做去。

第三件改革国文教授。本校从本年起，国文教授确有大大的改革。不过改革的原因，人家说是迎合新思潮哩，五四运动的影响哩，这都是很浅近的推测。我认定中国文字不改革，教育是万万不能普及。我做了师范校长，不是单单制造几个学生；设法使教育可以普及，这是我的本务。想来想去，国文教授，当然是第一个研究的问题。前年本省曾经开过国文教授研究会。大家只知道国文应该怎样教，并没有研究到国文做什么用。我为了聘国文教员，不新不旧，有新有旧，宗旨变换好几次了。批评师范毕业生，多是说国文程度不够。我想这短短的五年期间，要养成从前进士、翰林的一种文章和不中用的诗词歌赋，无从着手的经史子集，不但苦煞了学生，实在看错了人生。所以我决定"国文应当为教育所支配，不应当国文支配教育"的宗旨，非提倡国语改文言为白话不可。我们师范学校，无非为普及教育，不是"国故"专攻。文言和白话，也不必管他，有些思想，可以写得出来，那就得了。

注音字母是国语的福音，本校也实行教授，其他国文科的教材，几位教员是共同商定的。不过从前的国文教材，和思想没有多大的关系，改了白话，这一点不可不注意。我曾经和几位教员说过，嗣后选文，务要加以研究，就是省长训令中的国民道德，是要积极提倡的。这几个月以来，白话文风行得了不得。虽不免有思想过激的，但随随便便可以发表，不比得从前做一篇文章，有流传千古的责任，大家吓得不敢动笔。这个积弊，我是一定要想打破它的。讲错了还可纠正，比不讲总好得多。不讲是教育的绝境，讲错了纠正是教育的本务。我认为提倡白话以后，才可以讲教育，本校要讲教育，所以决定要改革国文教授。

第四件学科制。现在学校的办法是学年制。考查成绩，有种种的疑问，各教育家已经说得不少。简单一句话，是轻视青年的光阴，束缚学生的能力；尊重办事的程序，演成划一的流弊。有一门成绩不及格，就要叫他留级一年，其余及格的学科，也要罚他重习一年，而且不到班仍要扣分。我问问良心实在觉得说不过去，所以部章有个操行救济的方法，老实说，连操行成绩都搅乱了。学科制的办法，就是要破坏学年制。不但为考查成绩，想起来一定有种种的便利。以学科为单位，每学科又分几个学分；几个学分，做几年修了；修了几个单位，就算毕业。本校现在还没有实行，专任职员会议里正在研究具体的办法，已举定调查起草员，下学期要想试行试行看。

最后还有几句要紧话要报告的。听得近来外面对于本校有种种非议，就是本校的宗旨究竟怎样？新潮的印刷物虽不是师范学校出版的，做这篇《非孝》文字的是哪个？我直认也是本校的学生。我的学生，我应当负责任的。对于这篇文字，我的意思怎样，应当表示的。这篇文字我说它不对的，单说不对还不对，一定要把我对于孝的主张怎样明白表示的。但是随随便便表示也不对，容我好好地想一想，正正当当定一个题目叫作"孝的定义究竟怎样"，另外做一篇文字发表出来，自然可以知道我的意思了。这个问题，关系却是重大，不过我所讲的是研究学理的态度，要预先声明的。

我对于《非孝》的意思，就是明白表示，究竟还有别的宗旨没有，我的宗旨就是明白表示，本校还有别人的别的宗旨没有？我也要代表地报告报告。因为前一次本校的专任职员会议，曾有一个问题提出，大家已经讨论过，所以我可以代表地报告，提出一个问题，就是"本校灌输思想应采何种主义"，讨论得很简明的。新教育究竟是什么？现在各教育家的言论，多是提倡改革教育宗旨。我们研究起来，改革了现在部颁的宗旨，换上一个别的宗旨，废止了旧的主义，换上一个新的主义，仍是"应如何教人"的话，不是"人应如何教"的话。教育本没有什么新旧。不过从前的教育，单知道研究"应如何教人"，不知道研究"人应如何教"。今后的教育，无非大家觉悟"人应如何教"，就是叫作"学生本位"。施教育的人，不应当定了一个什么宗旨、什么主义，去束缚学生。再讲得明白一点，就是过激党的首领，做了教员，也不能把他的宗旨、他的主义来诱惑学生。这回全国教育会联合会有一个决议案，"请废止教育宗旨宣布教育本义"。宗旨和本义有什么不同呢？也就是上面两句话，宗旨是"应如何教人"的话，本义是"人应如何教"的话。本义怎样宣布？去年北京教育调查会议定有两句话："养成健全人格，发展共和精神。"这回全国教育会联合会讨论的结果，认为适当。不过不认为宗旨的改革，是教育的本义；宗旨简直废去，免得生出种种的误会。本校今后教育的方针，就依着"养成健全人格，发展共和精神"两句话做去，听各职员研究阐发。如其有抱什么别的宗旨和别的主义来诱惑学生，大家也决不承认。这是本校已经共同议决的，可以作为本校的宣言。

外面有什么神经过敏的推测，或是没有研究的缘故。我还要声明一句话，校长、教员，对于本校是应当负责任，却不能负完全责任。为什么呢？学生受了校长、教员的教训，不能禁止不受学校以外的教训。近来新思潮这样勃发，新出版物这样的多，感动的力量，实在大得了不得。差不多到处都是比我们着实要有力的校长教员，要想法子禁止，实在是办不到的。我有一个比方，空气能够排得尽，新思想才能禁止。我也不想官厅设法禁止，要盼望官厅能够明白这一点，原谅原谅我们做校长、教员的。

富先生最后问我："听说你们学校还有一种《辟非孝》的印刷物。"我说，先生来查《非孝》，同时又查《辟非孝》。《非孝》是本校学生做的，不能不承认；《辟非孝》也是本校学生做的，当然也不能不承认。但是我不敢就把这篇《辟非孝》来赎我的罪。为什么呢？做《非孝》的和做《辟非孝》的，都不过是本校学生的个人，照数理讲来，正负已经相消了。不过省长所查"谬妄"的是《非孝》，要纠正做这《非孝》的学生是我校长的责任，不能因为同学当中有了相对言论就算没有事的。

我对于做《非孝》的学生，应当怎样办法呢？照从前消极的办法是很容易的，出一张揭示斥退就是了。不过我向来主张不是如此，上学年屡次向本校学生表示过的。斥退学生是教育的自杀。从前不得已也做过几次，觉得心中非常的不安。为什么呢？我既取了他进来，因为不好，我就斥退出去，好像做校长、教员只能够教好的学生，不能教不好的学生使他好。况且不好的学生，斥退出去，不过出了学校。出了学校他不到哪里去，就入了社会，是不是做校长的总算眼不见为净，社会不关我们的事，这岂是教育的本旨吗？

省长是维持国民道德的，我知道一定仍要责备我校长教训这"谬妄"的学生。我在职一天，省长不下撤任的命令，唯有积极地负教训他的责任，使"谬妄"的改为纯正、健全。倘若省长认为我这校长没有教训的本领，命我斥退，我仍是不安心，不能不问个明白：是不是叫他到别的受好教训的地方去？

这篇谈话，并不是哓哓多辩。为什么要登载出来呢？无非要使社会知道本校实在的情形，究竟有没有不妥当的地方。戴了着色的眼镜，看去都是着色。抱着什么意见，来指摘本校，这不是本校的宗旨不好，是他们的宗旨不好。如其因为本校改进，对他们反对的私人有些不方便的地方，我是管不来的。

高师教育与学生自治

1921 年 4 月

我这次承邓校长之招，得能忝列北京高师职员之一，今日与全体同学诸君第一次相见，我心中非常欣幸，但又觉得非常警惕。

邓校长聘我做总干事兼学生自治指导委员长。今天姑不讲其他问题，就职务上和本校改革上略略地贡献些意见。但是本校的历史情形，我还没有明了。所以我今天所讲，还是从前对高师的感想，和一般对于高师的批评，以及现在外面中等学校的情形，请大家参考并加以注意。

我对于现行高师制度，有根本不赞同的地方。本校开办多年，优点也有，缺点也有。一般的批评：

一、北京高师的理科优于北京大学。这是本校的优点。但我以为这优点不过一时的，大学里把种种设备扩张起，立刻可以超过我们高师的。五四运动以后，文艺勃兴，一般青年大大地致力于文学方面，这是很好的现象。但是我有一点过虑！现在中国的文学家，往往没有数理的根据。诸君啊！想避却烦苦的练习，到后来要发表演说或做文章的时候，遇着比方说明，竟讲不明白，或是含糊过去，脑子里没有一种基本的形式，分析的整理，囫囵吞枣，这实在是青年偷懒的弱点！我很不赞成的。所以我不愿本校理科优于大学，要希望本校的文科优于大学。这如何可以做得到呢？就是要宣传数理精神到文科里去才好。我希望本校全体同学，嗣后从一年级起，要好好地把数理根底打得着实，切不可自命将来的文学家，轻视数理学置之度外。一般批评北京高师理科虽好，我以为不过一部分的优点，还是靠不住的！

二、高师学生对于教育欠注意。教育是本校的生命，外面有这句批评，岂不是本校的弱点吗？我想这也是一般人类思想的弱点。人类思想，往往"重其所异，轻其所同"，高师分部是所异，教育是所同。譬如某学校某学校……工业哩，商业哩，农业哩……是其所异，要知道"学校"二字是其所同。现在一般的观念，工业学校和商业学校，好像是全不同的。但细细地想一想，工业和商业不同的分量，比较学校二字相同的分量是哪个大。我以为学校二字同的分量大得多哩！高师分部本是个方便，博物哩，数理哩，英语哩，地理历史哩，国文哩，各部分不同的分量，比较教育同的分量，更不必说，当然是"教育"二字同的分量大得多。现在的制度好像是一部一个学校，到毕业的时候，博物部的人，脑子里只有老鼠、油菜等等，数理部的人只有十、一、空气、光线等等，其他……这种各式各样的毕业生，我以为至多去做各式各样的教员，绝不是共同的教育者！本校特设一种教育研究科，虽是不得已的苦衷，我怕办了研究科以后，各部对于教育一科更不注意！所以我主张至少把研究科的精神，宣传到各部里去才好！

我在南方听到朋友间随便谈话，北京高师略称北高，北京大学略称北大，看作"并驾齐驱"的。为什么近来北大里的人说要提"高"；一方面北高里的人又说要改"大"，岂不是很奇的一个对应吗？我想这也是人类的弱点！自己已经有的厌了，还没有得到的不知道怎样好，高的改大，大的提高，岂不是变成一件东西吗？高师要改大学，我是赞成的，但是理由是不同的。如其一味企慕大学，想换一块招牌来过过瘾，一切仿照现在大学制办法，不过添了一个大学，有什么稀奇？同时是高师自杀！高师破产！我以为丝毫没有价值。究竟为什么要改大学？请大家研究一下。

学校名称上面加什么"高"字和"大"字，我是根本不赞成的！这话今天暂且不说。现在在未废止以前，我就用这二字来研究高师和大学的性质，正好彼此误用了！高师独立的必要，说是养成教员，我认为还是方便，救济思想界的分裂是主要目的。现在人类思想界的程度，还少不了"精"与"通"分工的二作用。将来也须合并研究。大学的职分是个"精"字，高师的职分是个"通"字。大学明明叫作分科，没有"通"字的特色，高师的教育是全校中心科学，就是"通"字的特色。照这样讲来，大学才当得起一个"高"字,我们不好僭称的,照我的主张必须把研究科加在各部之上,各部的界限也不必严守,听各人志愿,就是习惯上认为极不相关的两个学科,能够有人联习更好,应当改称大学,才可以表示我们的性质。高是高,大是大,教育只可以说注重,无所谓提高。所以我对于本校的计划叫作改大不提高。大是范围的大,意在通;高是程度的高,意在精。本校各科程度不必提高,各个人所学的范围愈大愈好。这种学校养成出来的人,去做中学校教员,分担教职最为便利的了!所以当教员绝不是我们包办的。大学毕业出来的人当然也能做教员,就是自己研究出来的,不论范围极小,只要是"精"也是一样。如其师范生忌视非师范生做教员,这是大不通了!

以上是关于本校改革的意见。我的职务,照新改简章有宣传本校精神这句话,上面所说,就是宣传数理精神,宣传教育精神,都是对内宣传精神,就是要使之通!我还要对外宣传精神,我兼任自治指导委员的职务,是帮助诸君向外宣传自治精神,诸君将来也是指导学生自治的人,所以我今天要讲学生自治问题。先声明一句话,我立于本校职员地位对于诸君立于学生地位帮助你们自治还是小事,我要和诸君同立于教育者地位,研究怎样维持外面一般中等学校的学生自治?就是指导你们指导学生自治,这是本校毕业生重要的职分,须应新思潮,不但不可以消极,我以为更加吃紧呢!教育学里面一章《训练论》,无论新思潮怎样,到今日,绝不是破产,不过换一个方向。学生本位的训练,就是指导学生自治。我想把指导学生自治,当作师范学校一种教科，我愿意担任这种讲师，可是现在没有这种教材，只好把我自己稍稍的经验和现在外面中等学生自治的情形报告给诸君听听，请大家加以研究。

学生自治会是本校提倡最早。自己提倡的而且自己将来要去做的，倘若出去到了各中等学校无从做起，那时候你们怎样？是不是做一个"寒蝉"的教员，试问良心上如何交代得过？现在外面中等学校学生自治会的情形，概括一句话，学生实在可怜！原来学生自治本是教育的目的，《训练论》中岂不是有"习惯"和"自律"的话吗？从前虽没有学生自治会，凡是做校长、教员的，都应当希望学生能够自治。所以这学生自治会当然要由校长、教员发起的，不必由学生要求的。学生自治会等到由学生要求，根本动机先不对了。我的主张学生自治，是从毕业生方面觉到的。诸君现在还没有毕业，还不觉得。我听得毕业生说"出了学校门，换了一个人"，我大大地感触！果然未毕业以前讨论的和毕业以后特地来质问的全是两种样子。应当想什么法子呢？把毕业以后来质问的话提到未毕业以前来讨论，想来想去，非使学生自治不可。

我想做学生的听到叫他自治，非常欢迎，这原是人格上不愿受制裁的一种特色，但是我们中国向来"师道之尊"有特别的积习，所以一般做校长、教员的多不愿意学生自治，其结果双方误解，竟是有宣战的样子！非但不指导，要指导也不成！岂不是因为学生自治问题，惹起校长、教员和学生的恶感。自有学生自治会以来，教员和学生比从前更隔绝了！长此下去，恐怕学生自治的真义永远不能表现，学校信用永远不能成立，到底也不是教育的本义。我当时以为这种现象是一定要经过的，认为现在的学生自治会是第一期学生自治会，对学校是一种消极的手段。第二期学生自治会是怎样呢？当然是积极的指导，做校长、教员的有了觉悟，不可以威权用事，不可以束缚学生精神。但是做校长、教员仍有不能不切实指导的责任，否则你为什么叫作校长职员呢！我所以希望赶快从第一期学生自治会进于第二期学生自治会，这实在是教育界的幸福。

　　第二期学生自治会从几时起，第一期学生自治会几时截止，我仔细一想，是划不清楚的，还不如劝告一般学生青年，观念上把自治会分为两起：一方面消极是消极，一方面积极是积极，无论做教员做学生都要有这种观念才好。我现在到本校以后，一方面愿意做诸君的消极对象，一方面要将诸君做我的积极对象。做学生对于学校的态度也要如此，叫作经常信用，临时反对。评论是否，要以一件事为单位，不可以一个人为单位。我等不及第一期学生自治会何时经过，又恐怕成了消极的习惯；弄得一般中等学生青年走投无路，到底他们年纪还小，不能不指导的啊！现在外面实在缺少这种人才，非托你们赶快出去救济不可！不要现在未毕业时代在校内做一个很能干的自治委员，将来出去仍是做一个束手无策的教员。我到本校来确有这种决心，能够和诸君研究得指导学生自治最适当的方法，一则学生自治会的真义可以表现，二则使我可以报答一般……的中等学生青年！

青年修养问题

1922 年 12 月

今天承夏先生邀我讲演,知道本校每逢星期六晚上,有一种课外讲演会。这会的主旨,所以辅导学生,我非常赞成。且因在校之时不多,得与诸君谈话机会也少。现在虽则身体不好,很愿意来讲,不过今晚所讲的,是一个很普泛的问题,我觉得近来青年修养,很有问题!有什么问题?

诸君当然是青年,我虽年纪稍大,也自认为青年。但近来于"青年"二字之上,为什么再加上一个"新"字。"新青年"的对面,就是"老顽固"。这两个名词,已竟成为牢不可破的对待名词了。我前次过上海,遇到旧同事陈望道先生,又听到一个很奇怪的名词。他说:"我现在不敢与一般新青年讲话,所以和他们不接触了许久,现在他们竟赐我一个徽号,叫作'新顽固'!"我听了他的话,大为感触!我想诸君对于陈先生,或许知道一些,他对于各种问题，都有研究，都有贡献。《民国日报》里的《觉悟》栏，时常有他的意见发表，也可算提倡新文化很有成绩的人。现在一般新青年，加他这样的头衔，并非陈先生的思想上有改变，或者在讨论上加以一种相当的制限，一般急进的青年，就因此歧视了。

环境与人生是很有关系的，而且很容易被它诱惑，这种诱惑，到处都有。乡村有乡村的诱惑，如绅士、少爷等种种恶劣的风气；商场有商场的诱惑，如上海有流氓、拆白等坏习气；都城有都城的诱惑，如北京有腐败官僚气。你们青年，偶有不慎，便是被它诱惑。在乡间，就于不知不觉之间，养成一种绅士气；在商场，便与流氓同化；在都城，即熏染腐败官僚气。这便是被环境诱惑了！假使平日很有修养，可以静眼观察，非但不致被环境同化，简直可以利用环境。在都城是政治的中心点，便可以研究许多政治的知识；在商场是交际很好的场所；在乡村可以涵养幽美清静的趣味。扩而大之，以世界为所在地，在门户开放的环境当中，诱惑自然更加复杂了。什么社会问题呀，男女自由恋爱问题呀，资本革命呀……种种很有价值的问题，假使在迎受的时候，没有彻底的研究，那么便以自由恋爱为兽性冲动时可以假为泄欲的唯一美名词，遂使老生辈骂詈，目为禽兽行为。资本家对革命以及共产，误以为人家的钱拿给我用，可以不劳而食。种种很好的问题，遂被这一般人弄糟了。

我有很好的一个例来比方这一件事。中国人的吃小菜，素来讲究，颇负名于各国。请客一席，美酒佳肴之多，那更不消说了！总计分量，定是数倍于胃之容积。终以美味进口，遂拼命大嚼。口是快乐，无如胃苦痛了！所以中国人有胃病的很多。至于外国人，正与我们成一个反比例。他们所吃的东西，尽有初食不适口的，而入胃以后，就能消化营养。所以同是吃东西，一方面能够惹病，一方面能有益于身体，这完全由吃的人是不是被诱惑，就可断定。现在的新青年，在偌大的一个环境之中，什么问题，都是蜂拥澎湃而来。男女问题，可比美酒；社会问题，可比佳肴。此时正如将美酒佳肴杂陈在我的面前。假使我因为饥饿，只管吃的时候的滋味，狂饮大嚼，到那喝得烂醉，吃得胃胀的时候，到底他人也不能为你负责任了。总之，以胃为单位，胃能容积多少，口就吃多少，以口服从胃，便是有益无病。反之，以胃服从口，因为味美，尽量吃下去，不管胃胀，便是无益有害。读书也要以胃为本位，不可以口为本位，就是教师给你们学生知识，也是如此。你们饿了，吃是应该给你们吃的，好的也该给你们吃些。但是不能够因为你们要吃、好吃，就给你们尽量吃下去，不管吃下去以后会不会成病，没有顾到，是不好的。本校教师和你们很接近，所以时时刻刻通知你们，指导你们，是以你们的胃为标准，不以你们的口为标准。如以你们的口为标准，那么听你们滥吃，其结果一如食物犯胃病，所以新青年多半犯精神病。民国八年的时候，我在杭州首先发起成立一个学生自治会。但是结果，和我的宗旨相差太远了。可以说是教师不负责任，就是听他们滥吃，完全不对的。所以我很希望将来在白马湖，成立一个春晖中学校理想的学生自治会。本校的教育方针,当然不以教师为本位,是以你们学生为本位,就是你们要吃的一定给你们吃。但是以学生为本位,又要分为以学生的口为本位和以学生的胃为本位。本校是以学生的胃为本位,不是以学生的口为本位的。就是要吃坏的,吃得太多不好的,应当很诚意地通知你们。这是我今天特地郑重声明,你们要记着!

人生对待的关系

1923 年 6 月

自然界一切现象，都是一个"力"字的变化。你给我多少力，我也还你多少力。科学的人生观，不外应用这个原则。你给我一分助力，我也应当报答你一分助力，无论对家庭对社会，都是人和人的关系，家庭社会给我多少助力，我也要存如何相当报答，这就叫作对待关系。

我近来觉得最困难的事，是对青年说话。青年的人生观，因为没有受过刺激，和他说种种利害关系，结果错听了一个"利"字，忘却了一个"害"字，我所说的意思，全然没有了解，实在觉得教育可能这句话很没有把握。我今天和你们讲人生对待的关系，绝不是寻常的演讲，来敷衍一次。我为了今天要讲，已经想了好几天，讲什么东西好？先拟定一个题目是"我为青年前途虑"，又换了一个题目是"青年思想上的弱点"，我紧要的意思，觉得你们现在这种懵懂的态度，实在使我着急，我终想恳切地说得使你们有点觉悟，"得福不知"，只有欲望一步一步增高，将来如何得了！

我们中国人最喜欢一个"福"字。照墙上面大大地写着这个字，什么福禄寿三星，福是居首，还要用塑像或图画来表演，是面团团三挂长须的一个人。我想这个人的样子，实在不可思议。普通称赞人"好福气"，细绎他的意思，无非现成吃现成住，无忧无虑地过日子。还在武人不战而功的叫作福将。唉！现今社会上当真容得了这种人吗？一个"福"字可以解说得人生不讲对待关系吗？

权利和义务，快乐和苦痛，是人生最简明的对待的两件事。我就用这两句话来说明人生对待的关系。先要约略引一段浅近的伦理学说：就是乐天说和厌世说。乐天说以为人生前途，是快乐增加苦痛减少，厌世说反之，以为人生前途，是痛苦增加快乐减少，这两种学说，却是都有理由。详细的论证，现在你们的程度，且不必多讲。总之这两种人生观，和事实都不对的。事实上快乐增加苦痛也同时增加，权利增加义务也同时增加。就把一个"人"字写在这里，两脚可无限地延长，两脚距离可无限地增阔，表示人生前途复杂，事情无限地增多。但这个"人"写在板上有表里两面，表面作为是快乐是权利，里面是苦痛是义务，或表面作为是苦痛是义务，里面是快乐是权利，没有关系一样的。就是两脚距离多少阔，快乐和苦痛，权利和义务，一样的阔。现在的人生，比从前两脚的距离，阔了不少，可是快乐和苦痛，权利和义务的关系，仍旧是一个常数。以数学式表示出来，就是：

$$\frac{痛苦}{快乐}=1 \qquad \frac{义务}{权利}=1$$

分母大分子也大，十分之十也是一，千分之千也是一，所以叫作常数。本着这个意思来说明人生一切关系，就是处处都是对待的。现成享福，本来是不可能的事。"福"字的定义，莫名其妙，没有人说过。我现在把它下一句定义，"福"是无对待关系的权利、快乐，人生事实上断没有的！那么我要警告你们，"得福不知"是人生最大的毛病，而且是最大的危险吓！

近来盛倡新文化，我也算竭力鼓吹的一个人，现在看看觉得都是错听了一个"利"字，忘却了一个"害"字。影响于青年的，只有单面的权利和快乐，实在是很不妥当。养成了这种习惯，到社会去只要权利，只要快乐，天下哪里有如此便宜事？我给人们一分快乐、一分权利，人们才肯报答我相当的快乐和权利，而且往往要缺些，这叫作势利，倘若我给人们一分苦痛、一分义务，人们所报答我的苦痛和义务，断断不至一分，这叫作险恶。我是亲身受着过的，你们是否必须受着了才觉悟！何况听我这一番话，先把对待关系的观念，放在脑里，无论对家庭、对社会，都要有这个预备，才可以说自立，而且要提早自立！

家庭本是天伦之乐，何以也说对待关系？要知道家庭是人生关系的起源，天性这句话或是有的，但绝不是绝对的。"慈"和"孝"有时也可认为对待关系。现在一般急躁的青年，盛倡什么脱离家庭，这太不自量了。其原因无非对家庭"予取予求"不能满足，发生了这种危险思想，我认为青年自己没有明了对家庭也有对待关系的缘故。家庭中的对待关系，不是我现在新倡的，从前极旧的旧家庭，本有这种形式。不过时间的远近，时间远对待等于不对待，做儿子的大受便宜。"养儿防老"就是要等儿子的报答，但等儿子可以报答，父母死了，所谓"本欲静风不止，子欲养亲不留"，无非一场空悲感。倘若养儿不防老，为父母的所以培植子女，是否不要报答？是的。不要我报答，就认为当然，这就是人生不明对待关系的起因。防老的一句空报答没有，就是今后家庭中的对待关系，比从前不同了，比从前迫近了。未能自立以前，家庭不能不依赖的，不可认为当然权利当然幸福，如何提早自立，也就是报答的动机。

对于社会，更要分明。社会上公益事业，我现成享受，也不是当然的。例如这个春晖学校，是社会上的一件公益事业，故陈春澜先生对社会做这件事。你们虽不是直接接受陈氏之赐，以为一样纳学费纳膳费，而且听得陈氏不肯续捐办高级中学，不免有些不满意，并春澜先生所捐二十万元，也是事半功无。前几天春社公祭，叫你们去一同行礼，我看你们的态度，很有勉强不随意的样子。这也是幸福当然的观念，责人太过，很不应该的。陈氏后裔不愿续捐，是另外一件事，我们对于这位故春澜先生是应当永远表示感谢敬仰的。你们算算看，这个学校，连开办费、经常费，每年消耗不下二万元，平均每一个学生，要享到二百元以上的权利。你们现在在此读书，一部分受家庭帮助，一部分间接受陈氏直接受社会之赐，岂可不满足，好得更欠好，试问你们有什么特权呢？这几天校外周围，农夫种田，何等忙碌，何等辛苦，你们住在这个高大的房子，电灯燃得很亮，到底农夫为什么要种田？你们为什么能读书？其中对待的关系，你们不能够说，至少也该想一想。人生"不劳而食"的原则，在农民丝毫无愧，我听得他们叱牛的声音还有些不应该。你们呢？我呢？如此想一想，觉得为社会做事是报答不尽的了。对于公共事业，应当如何爱护，一草一木，一器一具，真是应当比自己的东西更要宝贵。但我常常留心你们的举动，玻璃窗打破不少，虽不是故意的，如能加意爱惜保护，终可以再减少些。如其本着单面权利快乐的思想，幸福当然的观念，那是我简直说，不配做今后的新青年！

　　受过教育的人，没有别的，就是人生观要比较明白些。但我近来觉得教育上很好的动机，很好的名义，都生出了错误的结果。学生自治一端，我批评一句，现是归着单面权利快乐，无条件地发展，如此情形，绝非青年之福。因为这条路是人生对待原则所走不通的。社会团体，是人和人对待关系的结合，这团体才是有力。现在一般青年，只知道群众万能，团体努力，终是莫大的，好依赖的好利用的，空空洞洞的公民大会，你们看有没有什么结果。要将未明了人生对待关系的人们，来组织团体，才有用，才有力。不受教育的人，倒有一种固有的观念，我觉得近来社会上越是贫苦的人，很充满了对待关系的思想，他们是苦痛义务负担得多。受过教育的好像知识是享受权利快乐的工具，这是大错特错了。所以我说很好的动机，很好的名义，都生出了错误的结果，这是我自居教育者的资格，说一句忏悔伤心的话。今天我很郑重地警告你们，希望春晖里我直接负责的最关切的学生，将来出去社会上做事，顺顺利利不受打击，现在对家庭对学校欢欢喜喜不生烦恼。今天讲演一番话，全体或不能了解，至少记着一个题目，就是"人生对待的关系"，随时再来问我，或做了文章来为你们修正，我都非常愿意的。

本校的男女同学

——始业式演说

1923 年 9 月

今天是本校第二年度开学之日。我和诸君暂别了七十天,这七十天中,我是一天没有休息,比较诸君在家消夏,觉得学生时代的幸福,我是不能享受了。你们在这暑期中,不知做何消遣?或是补习自己的学问,或是无意识地虚度了七十天,或是闲居无事反沾染些不善的行为。总之从今天起,都要"收其放心"努力向学。本年度本校的组织,和新聘的教职员,我自信要比上学年比较的完善,职务分担,已分别揭示,不必再一一介绍。今天始业式,我没有别的话,就是希望你们把学生时代的幸福,慎重地享用,将来立身行事,或上进,或堕落,都在这时代慎重不慎重为断。青年光阴的宝贵,宝贵在和将来有重大关系,不但"惜寸阴、惜分阴"仅对着青年时代光阴而说。你们这时代知识不定,往往胡思乱想,所谓浮浪少年,非但不知慎重,简直要把这宝贵的时代轻易略过，妄思提早干什么未来人生重大的问题——家庭问题、婚姻问题……这实在是现今青年最容易犯着的通病。

我今天且不谈其他具体的话，要把本校从本学年实行男女同学这件事，和你们切实说一下：本校实行男女同学，我和诸位先生对社会负多少责任。你们能人人自爱，将来成绩优良，不但可开风气之先，就是关系本校前途发展，影响也很大。男女同学问题，并不是一件稀奇的事，如其当他稀奇，就含着不纯正的心理。不过我对于这问题，并不是极端主张，我认为极端主张男女同学，也说不出如何理由。本校所以实行男女同学，绝不是好新，不过是"一举两得"的意思罢了。我认为男女终以分别教学为宜，在初中时代更宜分学。假使在国立学校，当然不必同学。男学生有多少，应设学校几所，女学生有多少，应设学校也要几所，决不能以女子求学没有地方，来做要求男女同学的理由。国立、省立的学校，行政上当然应通盘计划，例如现今女子中学，省立的只有一所，倘求学的女子多，尽可两所三所……添设就是了，至于本校情形不同，故陈春澜先生出资二十万，创办春晖，是有限止的一个单位。这一个单位在社会上共同受其利益，我想决不应限于男子一部分。但学校只有白马湖一所，所以不得不两用，譬如器具上面锤子柄头螺起一物两用的道理。春晖一校，男女同学，是"一举两得"的意思，并不是提倡什么男女交际公开、两性调和等等。这须多话，我却并不否认，可是不在初级中学所讲的话，这是要郑重声明的。男女两性调和，是小学时代的话，教育上认为有调和的必要，并不是男女自觉地要调和。男女儿童，彼此是不自觉，我是男，将来和女有什么关系，我是女，将来和男有什么关系，所以在小学时代，可以说是为两性调和，有男女同学的必要。我们中国虽在小学里，男女学龄也有大的，如其已经知道男女关系，这就不是两性调和，要改为两"心"调和了。要研究男女问题，改革婚嫁制度，当然可以讲两心调和，就是男女社交公开，我也赞成的。但以学校来尽这个义务，除非是大学研究院或毕业同学会中才相当。初中时代，男女学生彼此人格都没有确定，倘提早交接，五年十年以后，一个上进，一个堕落，那什么样！我决不信上进的男或女，始终能和堕落的女或男调和的！古人指腹为婚，现在认为不合理，也无非此男和此女，将来彼此的人格如何不得而知。在初中时代讲男女交际，两心调和，其结果将来彼此人格变更，和指腹为婚的不合理实在相等。所以本校的男女同学要认明白，既不是小学时代的两性调和，又不许同学为男女交际机会，血气未完，力宜警戒！那么本校男女同学为什么呢？事实上是一举两得的意思，教育上我可说一句是好学竞争的一种手段。我所知道男女同学良好的经验，如北京美术学校，女生不让男生，男生深恐女生追上前，彼此努力向学，进步都异常神速。我希望本校男女同学的结果，也从这一点表现出来，最为正当！倘聪明误用，以为新文化开放自由恋爱，遂行其浮浪行为，使男女同学的美举，一落千丈，不但本校的不幸，也是教育上的罪人。我的责任原是很重，诸位教员极端主张兼收女生的先生，希望特加注意！

　　我对于男女同学本不怀疑，但觉得我们中国事实上鼓吹这种论调的学生和实行男女同学的学校，很可研究。工业学校没有听到要求男女同学的事情，商业学校也没有，这类学校或是和女子性质不宜，但如医药学校、蚕业学校也竟没有，我觉得很奇怪的。所要求男女同学的，据我所知道，大概是文艺和美术方面居多。原来文艺美术和男女问题相接近吗？甚至以浅薄的文艺美术，来用在构成男女问题的工具，于是男女问题和文艺美术结了不解缘，好像文艺美术只为男女表情用的，口头求爱不好，非利用什么安慰、悲哀等文辞来做引线不可！这种文辞，初级中学国文教授上却是已经采用的，我所以不免过虑！最后我专对女生特地要说几句话。你们女子好装束，到底为什么？女子的衣服，何以特别华丽，仔细想一想，恐怕和你们女子的人格很有关系！我知道上海某女校，因为学生好装束，屡次训诫不听，结果因此除名，一时社会舆论以为太甚，但我却认为是根本问题。浮浪少年，男子居多，但女子也难免有诱惑的机能，否则说不出异样装束的理由。我认为好装束是自堕女格，希望你们觉悟女子以后在校内应尚素朴。嗣后男生部舍务主任和女管理员全体诸位先生务请随时切实指正！本学年起并非因男女同学问题管束加严，觉得去年经过情形，和青年前途，在社会上有种种不宜之处使你们将来受苦，非在学时期内纠正不可！我现在维兼任宁波四中校事，但和本校关系，非但没有变更，而且比从前在北京在上海来往可以确定，拟每月必到一次，还要时时和你们说话，切勿藐藐听过！

勖白马湖生涯的春晖学生

1924 年 9 月

本学年是本校开校以来第三学年了。过去二年中有如何成绩，不敢自夸自信。虽外面或许有赞美我们的，我们只能认为自家人互相协助，在不满本校的，且以为这种都是做屏风罢了！所以我对于本校这二年来经过情形，不愿举出如何优点，如何特色，来做广告。我认为教育事业，到底靠卖广告是无用的。"白马湖"三字，知道的人已经不少，凡是到过本校的人，没有一个不说风景极好了，所谓"环境"享自然之美，不受外界牵制，诚然诚然。优点不过如此，特色不过如此，但我的顾虑也就寓于此。

前学年放学的时候，我曾对全体职员学生演说：本校校风，有不能不应加注意和纠正的地方。学生举止言动，不知不觉露出一种矛盾的人生观。这一种情形，在别的学校，都是不容易得的。说是青年习气，又含有老成模样；说是目光高远，又不脱乡村狭小的风度。此无他，就是白马湖生涯，环境和程度不合的原因，有以构成之。我以二字概括表示，曰"浅"和"漫"。——并非我好玩弄文字，找得两个都是水旁的字，来描写白马湖生涯。"浅"是气量浅狭的浅；"漫"是浪漫的漫。普通为人，如其是气量浅狭的，决不至于浪漫；如其是浪漫的，他的气量决不浅狭。就是以水来形容，既浅了哪里能漫，既漫了，决不浅，所以这二字实在是矛盾的。如此矛盾的人生观，本不应当有，在初中时代的学生，谈什么人生观，并不是太早，实在是人生观尚未确定，因未确定，所以矛盾，我认为不要紧的。

我甚爱白马湖，我所爱的是白马湖自然的环境，极不爱白马湖人的环境。概言之，爱乡村的自然的环境，不爱乡村的人的环境。就是我们应当感化乡村，切不可为乡村所化。乡村生活原是困苦的，能耐苦而不计较，方为乐天知命，或不失为消极的一派人物。但我感到的不是如此，你有饭吃我不平，你多吃一块肉，甚至闹成打架，生活既如此计较，何不出外做事，别图发展。终年享安乐，乡下老"店王"没有一个不刻薄，且依着家声，夜郎自大，这种恶习，最为可恨。白马湖本与近村隔绝，我所谓"浅"何所见且云然？闻上学期因教员另室膳食，学生讥为揩油，几酿口舌。把乡间吃清明饭吃会酒的观念，来对付师长，算什么话。我办学十余年，虽尝感学生对学校争计经费，无微不至，从未闻对教师自费自食，有如春晖学生之表示者。倘因此使教员灰心，减少课外指导的工作，所得者小，所失者大，万万不利。本学期应以极敬诚之意，恢复如旧，我已请代理校长切实矫正，虽区区小事，我认为春晖特色师生和蔼的根本要动摇，望全体学生各自觉悟，切嘱切嘱！

"漫"字从何说起，我和你们平时少接触，并无对我有如何不恭的举动。但观察你们进出游戏，以及宿舍中陈列不整不洁，好像是故意欢喜如此，以随便为舒服。"浅"是不愿他人舒服，"漫"字但求自己舒服，焉有此理？即不然脑筋中横着旧式所谓名士新式所谓诗人的标本，忘却自己现在如何程度，好高骛远，俗语所谓"未到尚书第，先造阁老坊"，这实在是近来青年的通病。但在都会中，有种种刺激，强迫使他觉悟。僻处白马湖，要望碰着自然罚的教训，除荡船不小心落到河中而外，再没有别的机会了。所以慢慢地愈加漫起来。你们自己是不知不觉的，也是我所戚戚过虑的。长此过去，渐渐加甚，那是我要叹一声，春晖设在白马湖，铸成大错了。

青年以傲慢为荣，对师长能抗辩，自鸣得意！洵如是，真是教育无能了。我不是愿意压抑青年的人，但决不能听任你们无理的自由。你们不是终老白马湖，社会之大，到处荆棘，将来出去受种种突然的苦痛，那时一定要怪我何不早为指导。藐视一切，算有思想，碰着社会上略有不满意事，便搬出许多不耐的口号，"算什么""没有意思""不承认"，试问这种话徒然说说何用，结果仍是自己烦恼！我此次来杭，列席省自治会议，有许多感触，把来自乡间所谓纯洁的脑筋，不免混乱了。但自觉缺乏社会常识，不能应付，非深自勉励不可！又觉得今后人生，无论何人，不得不加入政治运动。例如近日东南战争，已开火旬日，我就以此事来问白马湖生涯的人，抱如何态度？我料想一定如此说："这是他们军阀和军阀夺地盘，和我们丝毫不相干，谁败谁胜，结果不外以暴易暴。"苏人如何心理，不得而知，浙人反对贿选者，多表示助卢，或且认为别有作用。我以为不论贿选，不论军阀，为什么弄到这步田地，终结一句要归咎于人民自己放弃。何以使他们选可以贿，军成为阀，在未贿未成阀以前，假使有共同严格的监视，何至如此？一般人民程度实在不够，中等以上学生的知识阶级，如其永远抱着脱离政治自命清高的态度，反面就是放胆可以贿选，或比贿选更甚比军阀更暴的行为，何妨任所欲为。在乡村中人，听说外面又打仗了，莫名其妙，不知为了何事。他们要打，我们老百姓能够说一句不准才对，绝不是不可能的。只要人人心目中认为国家事变，和我们有密切关系，自然有一种势力可以制止。事后说什么人民受其荼毒，痛骂不肖官吏、猪猡议员，实在是来不及了！官吏这样腐败，但行政权仍操在他手中；议员这样卑污，但放屁地通过了一案竟要发生效力。非根本地剥夺他们行政权，严厉监督选举不可。这种工作，都要全体人民做的，靠少数人不相干。但因为靠少数人不相干这句话，流为消极，就是放弃公民权的起点，这种态度，近来知识阶级中最多，浙江人尤其有这种怠性！西湖游玩，阿弥陀佛念念，一点振作的气象都没有。所以我认为地理环境，和人生有极大关系。唉！白马湖尤其偏僻吓！

我从今愿从新做学生，我特别表明叫作第二种学生，因为从前做的学生，并没有把这种学生同时做在内。但知专心教科，所谓埋头读书不问世事，算好学生。高谈什么哲理，什么文艺，尤其自命矫矫，哪里知道和社会切要问题，路差得不知多少。白马湖不是避人避世的桃源，是暂时立于局外，旁观者清，不受牵制，造成将来勇猛的生力军的所在。存着如此观念，所读的书，都是经世之学。把我现在才觉悟要想补习的第二种学生，和照例的第一种学生同时用功，同时进步，眼光放得大，度量放得宽，切勿妄思自由——要知道自由是成立于共同生活，决不能成立于个人理想！又如今日社会纷乱，谁不酷爱和平，要知道和平是成立于全体努力，绝不是成立于袖手享福！我说来说去，无非希望你们从一般的人生观立基础，切不可以特殊的人生观取巧走捷径。今年新招的学生不少，本校情形，不甚明了，以为我讲这番话，究竟有什么用意。我要声明，却是为旧学生头小帽大，暧昧的人生观而发。本来对你们初中学生，或者不必讲如此海阔天空的话，教育上还认为太早。可是我们春晖的初中学生，却有特别速度，已经把人生观提高了，我就利用这个优点，和你们恳切地谈谈。外面有一种舆论，认为白马湖办初中实在不相宜，这倒是明言。但学术程度是程度，人生思想是思想，只要不弄错，提高何妨。今天是中秋，烟雨迷离，遥想山间明月，也不能叫它皎洁如常！省立各校，已受战事影响，明令停学，我们春晖，还能够依然开学，这终算是例外幸福。寄语全体学生，努力进步！

我最近的感触和教育方针

1924 年 10 月

我是向来不注意政治的人，今年本省有自治法会议之举，我"滥竽充数"地由省教育会选出去充代表。自治是何等重要，何等复杂困难的事！教育会也要举代表，已是很可注意的了，这一点足以惊醒教育者不应死谈教育！我本不敢应选，自问政治常识太缺乏。但既要教育会中选出一人，彼此都差不多，所以我以学习的态度，贸贸然到杭州去了。从 8 月 1 日开会，很热的天气，害我生病。勉强出席领教大家宏论，觉得使我增长见识不少，同时使我感触烦恼也不少。老实说，就是江浙战争不发生，这出把戏，也唱不出好东西的，恰巧大会讨论重要议题后，付起草委员起草期中，忽然风云骤紧，到 9 月 3 日竟是开火了。当时大家激昂慷慨地说，无论战争已起，各代表决不要走散，我就怀疑不走散干什么？有什么意思？那时候虽多数还在省城，可是起草已搁起了。天天打听战事消息，报上所载，概括起来，无非"阵线不动"四个大字。我却以新学习的政治浅见，不问谁胜谁败，觉得他们为什么如此自由行动，竟没有人出来阻止，难道所谓政治是如此的吗？

　　我第一感触，政治竟出于战乱，竟有如此莫大的势力。交通断绝不必说，毁坏公物也不管。大家的生命财产，任意杀夺，法律到这时候，完全失其效力。所谓强权，真正有如此厉害，要什么便什么！军阀何以有如此势力？今天才知道吗？军阀所争的为什么？原来是政治问题。并非军阀有如此势力，实在是政治本身的势力，不过中国近状把政治落在军阀手里就是了。我因此觉到人民的私有权，本是不可靠的，什么我的田、我的屋，只要政治根本上说一句话，我们的私有权，哪里能够保得住？战乱不过政治上恶意的表示，它如苏俄土地国有，定了这一条律例，把无数所有权一笔抹杀了。所以我认为战乱莫大的势力，根本仍是政治的势力。战乱的势力一时可以过去的，政治的势力实在亘古以来本是莫大的，永久存在的。而且将来政治的势力，比过去现在更要增大，差不多人类一切生活，没有不受政治的势力的支配。如此莫大势力的政治，将来更要增大。从何见得？就是人类思想发达，社会趋势，酝酿成功的结果，都从政治表现出来。倘我们自己放弃，被少数人利用了去，就是变乱，否则各自负责，多数人善自享用，就是自治！

　　所以自治当然是政治问题，要避却政治来谈自治，不是自欺，便是虚饰。政治难免变乱，所谓切实力派，要避却军事来谈自治，也是自欺，也是虚饰。所以我的感触概括起来，是下面三句话：（一）政治人人应当与闻；（二）政治及其变乱莫大的劳力唯自治可以抵抗；（三）要谈自治非先谈自卫不可。

  我从此觉悟什么教育家不必与闻政治，完全是欺人的话。人为政治的动物，难道教育家、学生不是人！政治绝不是专门的，而是极普通的常识。帝制时代专指官僚为政治家，这句话如今还能承认吗？如其承认，无异承认帝制。既非帝制而承认官僚为政治家，不如直捷痛快承认军阀为唯一伟人就是了。假使自治真能实现，我可断言军阀当然不能成立，就是鬼鬼祟祟的政治家，也无所施其技了，唉！我们浙江的省自治前途怎样？

  据我在杭四十多天开会情形的经过，什么中央，什么国宪，倒不是根本困难问题。现在局面已变不必说，就是从前不阴不阳的独立状况，也并不说中央绝对没有，国宪绝对不要。我所最觉得奇怪的，这次自治法会议，是当时最高行政官所承认的，而且军事当局也赞同的，为什么议到军事一章，大家畏首畏尾，不敢作声，讨论结束，竟把军事略而不谈，认为无须起草。我就知道这次自治法会议，仍不免自欺，不免虚饰，不讲自卫，如何可以讲自治呢！所谓自卫，并不是以自卫军和国军打仗，国军之外，不能有别的什么军，军是唯一的集权这种观念，万万生不出自治的胚胎！平心而论，国军是国军，自治军是自治军，某省自治军，是某省所固有的，国军是全国所共有的，不能以国军分配各省，只有以国军分驻各要防。某省是国的要防，当然应当重驻国军，和自治军全不相关。不是要防，不必驻国军,无所谓每省设一督理的必要,免得如现在争夺地盘。国军底饷,全国共需若干,各省分派,不驻国军的省和重驻国军的省,负职应当平均。不能如现在国军驻在何省,要何省负职军饷,弄得省预算捣乱不定。所以怕谈军事,原是为此,军费要减,事实上不能。据说浙江负担军费要八百万之多,占全省岁入一半以上,今后不知如何!倘没有正当的解决,财政无从整理起,其他事业也无从讲起,老实说自治的美名,要想假冒也断断不成,我常听军事家说,浙江非用兵之地,可知浙江在国防上没有重驻国军的必要。但全国应分担军饷若干,就是不驻国军,也决不推诿。至为地方自卫计,却非有自治不可。除了定数国军的饷,其余就可办自治军。这自治军也可为国军的后备军。平时所谓某省自治军,和他省自治军,绝对不相联合,我是不懂所谓联省自治,认为自治要联,就是不能自治,一省不能自治,要联起来才能自治,什么道理?譬如一个人不能走路,要两人三人把足绑起来走,岂非颠仆更易吗!各省各自治,和省联自治,意义决然不同。一人前走,后不继起,一省自治,他省不继起,非各人同时走不可,非各省皆自治不可,绝非绑足走,绝非联省自治。总之自治军丝毫没有军阀的色彩,如其联合起来,难免仍为军阀政家利用。这一点是纯正的自治军最要注意的。无论国军,无论自治军,本是纯正的,就是要利用不好。要杜绝利用,根本的办法,我要主张军和械非分管不可!平时军尽徒手,子弹库分设各地方,由人民保管,国军非经国会会议决不发给,自治军非经省议会议决不发给。从前所谓偃武修文，放马于华山之阳，如今要求真和平，非藏械于人民处不可。必如是自治乃可实现，但现在局面能不能做到。我自己先说，无非在会外空谈罢了。

但依人类革进的趋势，非绝对没有可能的希望。所谓"势力"两个字，要分开来讲。依科学的研究和进步，觉得"力"和"势"大有区别。无论战争问题、人生问题，都是由"力"而进行"势"了。这是值得详细说明，我就因此感触到教育方针去。近来盛倡所谓新文化，所谓人生观，弄得青年脑筋里，为什么求学，莫名其妙！趋向于个人谋幸福享安乐，和政治关系，好像愈趋愈远，实在是极大的错误。所谓"势"是超乎"力"之上一种莫大的作用。就人生问题讲，"力"是少数人的特殊表现，"势"是大多数的自然团结。概言之就是政治关系人范围扩大，如专为个人谋幸福享安乐，这种教育，简直是和人类共同目标背道而驰。靠笔头的文化，和理想上的人生观，全仗着鼓吹唱高调，立在局外，希望和平自由，真所谓"缘木求鱼"了。其结果"势"字固然达不到，而固有的很微薄的"力"且从此丧失！彼辈军阀，正可永久继续作威作福。这次战争，无论如何结果，可断定决不能彻底解决，因为人民并没有加入。两军阀相争，无非都是"力"的比较，如人民加入，就有"势"了。这种"势"就是依人民和政治关系的程度而定，它的根源就在教育上。教育与人生，多少密切，能言之者不乏其人，同时政治与人生，其密切关系，可以"人为政治动物"一语概之。所以教育与政治，简直是不可离的了。我可以简单下一句教育的定义，是构成政治关系的"势"。但构成的方法，如现在中等教育酷信自由，听其自然感化，我认为实在是不对的。"不入虎穴，焉得虎子"，把尚武精神，视为军阀特有而摒弃之，平时训练又不讲纪律，将来造成一盘散沙，尔为尔，我为我，专图个人安乐的青年，如何可以负担社会重任呢？我要郑重警告，近年教育趋向，是故意打倒军，唯恐文弱不堪。我浙江人本犯文弱的大毛病。请查此次战争军阀首领，有一个浙江人吗？称为江浙战争，全不对的。两方头脑，都是山东人，此外也都是山东人或奉天人、直隶人。我们浙江不少军人，到哪里去了？呵呵，有的做文人了，有的念阿弥陀佛了，有的在家享福了，直可谓放弃天职！所以浙江人我早知没有"力"，据这次看来，又可叹一声丝毫没有"势"。回顾教育上又是如此以先觉自命似的，不知道要造成无数文人干什么用。从今后我要提倡中等教育，非仍鼓励尚武不可！因为"力"和"势"两字，不是性质不同，是程度进步关系。"力"是明明白白属于武的，或者以为"势"是属于文的，只要运动宣传。决不然！"文武"二字，并无严格界限，运筹帷幄说是文的，决胜千里算是武的，但我以为运筹帷幄当然也是武的，总而言之，专讲尚文是不成的。从前战术，用刀枪肉搏，后来发明炮弹火药，无论如何勇将，无所施其技了。这是以物质代"力"。现在又有飞机，可从空中利用引力掷下炸弹，这就是超物质的"力"，进步而能利用自然的"势"了。所以"势"是完全属于武的，唯"势"可以制胜"力"。战术上用飞机对炮弹，等于从前初发明火药，以炮弹对刀枪一样，胜败是科学负责的。科学的战争观，飞机以"势"的武，当然能制胜炮弹的"力"的武。同一理由，科学的人生观，群众以"势"的武，必然可以制胜军阀的"力"的武。徒然对时事叹口气，我们没有实力，我们没有实力，怎么办！何如早为之计，从教育着手，力矫文弱积弊，以培养实力。绝不是恢复帝国主义时代的尚武，要认得明白，是群众运动所必需的"势"的尚武！

中等教育上，万不能抛弃人才主义和国家主义。中等学生必须应有一种自命豪杰的期待！我们中国近来极稀贵的少数中等青年学生，个个为地方为国家效用，还不够分配。所谓主人翁要具有主人翁的本领，像主人翁的做法才对！决不可希图享现成太平福，徒以谋个人生活，为求学唯一目的。无穷久长以后的理想世界，地球和其他星球以飞机实行交通。除非那时候，全球合为一个国家以御外，在地球上才可以说废止国家主义。由平面的国家，复而为立体的国家，不然，躐等地谈什么世界主义，等于离奇的矛盾的人生观，群育群育，所表现全是为个人权利，但知如何能取巧，如何能偷懒，如何能出风头以博虚荣，"方寸之术可使高于岑楼"，可为近来中等教育写照。未修了初中一年，便妄思进大学，高小学生也想做诗人，种种不按步调的教育状况，是近几年来五四运动以后不良的成绩。青年诸君，五四运动的确是值得纪念的，要知道值得纪念的是什么？便是政治关系的范围大扩充！从这一点去做，就是我们僻处乡间的学校，无不在政治活动可能范围之内。安富尊荣，升官发财，不是人才；幽居湖山，不管沧桑，岂可算人才。自治事业非他，即平凡化的政治生涯，自治军即一般化的义务民军。这次战争吃紧的时候，有人提议组织学生军以充后备，我随口说现在的学生不像了。即有一学生在旁问我为什么，我就问他你去负枪临阵愿不愿，他便说他没有受过这种训练，愿去也不能。新课程中兵式操废止了，就是军事常识，也和学校教育绝缘了，如何能组织学生军？回想光复的时候，学生军颇有些精神，现在情形虽不同，如其要真的讲革命，或者比光复时尤其需要。理想的自治军的领袖，非以中等青年为中坚不可！平时全无指导，不屑学习，而且把耐苦的习惯根本取消，我别无可说，唯有祝贺军阀放胆横行就是了！我竭诚警告中等学生青年，正要"卧薪尝胆"，及早锻炼自己身体，养成勤苦耐劳，来日大难，非献身的担当不可。我们浙江，文人有余，与其做无聊的学者，不如做有作为的土豪；与其做鬼鬼祟祟的政家，不如做磊落光明的军人！教育为什么？求学为什么？仔细想起来，实在不能过了一日、两个半日，糊里糊涂地过去。近来学校精神散漫，无可讳言，愿青年诸君彻底谅解，勿以我忽然改变，倡这种主张，为新教育前途不利。求自由于在学短期中，是无用的！教育即生活，岂能如此写意，永久做学生以度一生吗！本校学风，尤有纠正的必要。在此环境中，我这番话，或者不相适应，但眼光放大一点，需要正是倍数吓！

人生训练之必要

1925 年 11 月

我早欲和你们讲话，但因近来精神不好，没有讲话的兴趣，日事学画消遣。今天适值五夜机会，例有演讲，我将有远行，以临别赠言，来充一次台。

今天所讲的题目，为《人生训练之必要》。首先希望注意"人生"二字，是人生训练之必要，不仅是学生训练之必要。本校学生近来有一种不好之现象。我并非因此又要来打几句校长官话，你们也不要听到"训练"二字是限于学生，是什么压迫、专制等的化名。今天一堂在此坐着的，原是学生和教员，我想最好不要拘定这个名称，因为学生和教员这两个相对的名称，近来觉得有些心理传误不好的地方。无论如何，我们年纪大，社会情形也熟悉些，一切事情比你们经验得多，忝为先辈，你们是后辈，彼此以这样关系来说话，范围比较的宽大，所以归着训练之必要，是人生全体的，不仅限于学生。我今天说话，第一层重要意思在此！你们不必说些什么时髦话：学生是主体。主体什么？就是训练的主体，别的事情，你们无所谓主体与不主体。春晖由我办了四年，一切事情，我终负责的，所聘教员，都是你们的先辈，而我矧足以自慰的。

我今天所要讲的，可以分为三层。第一层，你们就当作校长官话听，什么严格主义，什么束缚自由，总而言之，我如果真是压迫、专制，也不来对你们三番四复地解释和开导了，我要怎样就怎样做好了。所以如此舌敝唇焦地来和你们说，终要训练的效果，从觉悟的基础上收得，能如此，无论任何严格即是亲爱，无论如何束缚即是自由。凡人最不愿受他人支配，同时相反的凡人无不想支配他人，这两句话实在自己撞着得厉害，只准我自由浪漫，决不受人支配，这种观念，我极不赞成。就是主张自由浪漫的人，也不能自己赞成，为什么呢，理想的生活，是永赞永不成的！本校现在所抱方针，决不唱高调，主张什么理想教育，自由生活，简单一句话，有训练的人，于将来社会有用，无训练的人，于将来社会无用！我希望造就于将来社会有用的人，有一定方针，我主管一日，决不变更一日。你们如终究不听我的话，尽可不要来这里吧。

我第一层所讲训练之必要，概括起来，无非希望全校师生都要开诚相见。你们学生，对于校里不可生猜忌心，诸位先生也应该原谅学生。偶有不合，爽爽快快训了几句，什么政客式的疏通、道歉，近来盛行于学校中的，实在是不成为教育！认学生为后辈，无事不应原谅。学生做错了一件事，说错了一句话，无论无意识有意识，概予以原谅，无意识或有意识，不过训诫的方法不同，但原谅的境界也有的。就是同一做错的事，说错的话，第一次经过，第二次、第三次又来，那是不行了，不是有意捣乱，定是执迷不悟，不足教诲，你们要以一而再，再而三的手段，想动摇本校的方针，迁就学生，这是不可能的！我忝为校长，不得已多说些话，嗣后最好使我少讲这种话。以上不过是我今天要讲《人生训练之必要》三层意思的第一层，可以当作学生训练之必要看。再讲第二层。但是根据伦理学来说，你们现在的程度恐怕有许多不懂。人类是训练的动物。起居饮食，已经大大受了束缚，不如飞鸟游鱼。这种所受束缚，就是告诉我们训练之必要。自然何尝自然！譬如林木，细细看去，一枝向东，一枝向西，第三枝非向南北即必向上，因为第三枝受其他二枝环境的支配使然，那里有绝对的自然。你们到过普陀吗？那边树的形状如帚，依风生存所以如此。树对人或者还称为自然，树对于风，真正不能自然了。这些思想，你们原能理解的，自然界尚不自然，何况人类，可以人而不如自然乎？伦理是什么，就是支配社会的思想，最近的伦理思潮，简单地说是如此，连反伦理思潮，开倒车的人生观，是不是青年所应走的路？现在的社会坏极了，因为嫌恶现在的社会，就把社会根本否认，发生个人浪漫自由的自南来，我屡见不一见了，可叹这一辈子的人，实在是意志不强，流为消极了，不能认为青年的模范！

我要讲的第三层，就是看透现在如此坏法的社会，更不能不讲训练个人，去应付他，改造他，我敢断言，今后社会，必要支配于有训练的团体精神！有强同的基础，方才可以保存他的庄严，继续他的生长，否则，好比茅屋为西风所破，乱蓬蓬地吹倒半天，还说什么浪漫自由，随遇而安，聊以解嘲，岂不可笑！

现在的社会，背后黑云弥漫，惨雾朦瞳……现在所认为最有纪律的是军队，我以为最靠不住的，也是军队，以为他们的训练，真是专制、压迫的。回顾我们各学校的学生，现在没有纪律，没有训练，无可讳言。但我总料想现在最有纪律的恐怕不久最无纪律的是军队，现在虽无纪律希望将来很有纪律的唯学生，唯学生！可使由之不可使知之的训练——军队的训练——他们略有觉悟的军阀，已自认为不可恃，行之非艰，知之维艰的训练——教育的训练——我们稍明时局的青年，应共认为唯一要义才好！最后我要从团体训练顺便谈谈学生军的话：近来各处学生会自动地提倡得很起劲。我也是赞成之一人。我先要说破一句话，学生自愿发起学生军，学校当局也很赞成这件事，恐怕两下目的不同吧。在学生方面多半是好新，因为枪操久不操了，在学校当局，因为趁此可以约束学生，利用"军律"二字，想来整顿校风，与其将来误会，不如现在说个明白。我对学生军这件事，很希望它成功。但是不容易成功的，第一点真的编成为军，至少要预备弹子从前胸穿过后背仆地而死，学生中办得到的有几个？你们自己或者有这种血气，但是你们的父母能答应吗？如其假惺惺地出出风头而已，那么，这种学生军，应特地声明，是不能实用的学生军，到底骗谁？第二点军阀当局，万不肯批准，万不肯拨枪械,徒手的学生军,也同是不能实用的。还早,还早,这两点都是很难的。现在一般为父母者,抱着入学校本是弃武尚文,何以反要当兵了。并不知道什么义务民军和少年义勇团之类。但我的意思,学生军不在乎多,凡学生尽数编为学生军,当然可以不必,那么,志愿的,未必个个为父母者都如此。如其真的办起来,应募的或者不少。军阀觉悟,是人的关系。不觉悟武力必不可恃;觉悟不可恃,或有法可恃。学生军可恃,同时可使其他军队也可恃,能明此义,或者由军阀出来提倡也未可知。还有更难的,第三点,现在学校情形,如此酷爱自由如你们一辈子的学生,假定以上两点都解决了,我不敢说办起学生军来,就有如何成绩。我回忆光复的时候,浙江曾经办过学生军。我亲见种种不肯服从不守纪律的状况。但那时候的学生,比你们现在肯屈服得多呢,尚且如此,现在办起来,弄得一塌糊涂,也说不来。凡事必须有相当的基础,譬如浮沙之上,兴大建筑,如何能成功?我今天谈到学生军,本校预备要办,你们也颇高兴。我郑重地说个明白,先希望第三点能够确定,然后再讨论第一点、第二点,所以现在办学生军,应认为必要的训练焉可!

秋季运动会开会辞

1929 年秋

我们春晖中学今天在白马湖秋色苍茫之中来开陆上运动会。这一次开会发起很匆促，幸而大家很高兴，热心此举，就能够最短期间办起来。无论何事，精神所至，无不成功！承大家推举我为会长，这是非常荣幸，所以有几句极恳切的话，抱着无穷希望，申述今天的开会辞：

近来各处学校，少听到有单独举行运动会的。从前我在杭州任校长时，差不多年年开的。不过那时所开运动会的方式，现在想起来，觉得太幼稚，太花式。一般观众口中，有一句某校掉运动会（乡谚唱戏叫作掉戏），某校掉得好，某校掉得不好，就是花式多的认为掉得好。看运动会和看把戏一样观念，这是大弄错了。从前运动会中，却有种种化装，钩心斗角地想出引人兴味各种举动，仿佛唱戏必须要有趣剧，这是根本出发点不同。开运动会是供给外行人非体育家看的，并非切实有提倡体育、改进体育的诚意。自从远东运动会等大规模大竞赛的开过以后，纠正从前游戏式浅薄幼稚的风尚不少。运动会是为比较纯正的体育而开的，是公开请内行人体育家指教批评的，许许多多非体育家来宾无非哄闹热是没有什么道理。我们这次所以不主张广发入场券，今天参观者虽少，于开会全无关系，并且要郑重声明，我们今天的运动会，和远东运动会等性质又有不同。远东运动会中，以胜负为唯一目的，优胜即荣誉。那是各处选手所集合，某处选手胜，就是代表某团体的荣誉，方法上也只好以胜负做解决。我们今天的运动会，原是也有胜负，而且胜者得奖品，这是例行办法，但切不可以此为唯一目的。运动会是以运动为目的的，运动会中体育上的技能当然要表现，同时人格上的品性也完全可以表现出来。今天一天的运动会中是将各个人把以前的技能品性悉数表现出来，临时预备是绝对不可能的。体育比智育，预备不预备，格外明显。体育只要勤于预备，大概是可能的。这次运动会节目中，所列皆为决赛，很有道理，可以证明平时皆为预赛。我很佩服本校体育主任的办法，认为今天的运动会是最纯正的运动会。

今天所开的是纯正的运动会，我更盼望今天闭会以后，大家要继续保持各人自己的纯正运动！何谓纯正运动？我把古人来举一个例，"陶侃运甓"就是陶侃的纯正运动，每天他把这几多甓运来运去，旁人看他以为发呆，不知他是以运动为目的。我自己每天早上也有例行的运动，已经继续八九年，当初家中儿女辈见而发笑，我全不顾及，现在习以为常，也不笑我了。处现在物质文明很发达的时代，旅行实在和幽居无异。古人因为幽居而有自己调剂的纯正运动，我们更要注意非幽居而有纯正运动之必要。以前本校有一个全国徒步旅行者经过，我认为对于这一点多少有价值。轮船、汽车、飞艇，都是足以使我们体育退化的。我们坐在轮船、汽车、飞艇之上，对于船、车、艇以外是很速的移动了，可是身体对于轮船、汽车、飞艇，依然不动。古人因为幽居身体不移动而自勉地定为纯正运动，我们虽非幽居，交通便利，仍是移而不动，等于不移动。且其他反体育的种种诱惑，比古时愈奇愈多，所以以纯正运动保持健康，更为切要。诸君在学校中，得有相当设备，岂非锻炼身体大好时期！本校花许多钱，买这一块地，来做运动场，如不能收得体育上的代价，牺牲不少农产，岂非辜负？在诸君尤属自误，勉之勉之！

　　本校处山清水秀之中，环境非常静寞。当时择定地点，我就有一种顾虑，青年在此清幽环境之中，难免有颓唐的趋向。我今天概括地武断一句话，本校学生如对于体育有兴趣，决不至于颓唐，体育是可以慰寂寞而纠正颓唐的。本校其他各学科但求平均注重，不愿本校或以美的环境，特别造成什么文学的人才。不过本校如能以体育著闻，却是深所盼望的事！因为所谓健全精神宿于健全身体，诸位将来立身行事，皆基于此。所以把体育成绩佳良，立为学校考成唯一标准亦无不可！今天是陆上运动会，我更盼望利用白马湖天然佳境，明年春季来开一个水上运动会，竞漕和游泳尤有特别价值。人非两栖，有时遇水，生命存亡在刹那间，所以对水上运动，我每思提倡。开校已八年了，何时能实现，深以为虑。此次运动会闭会以后，何妨一同进行，我力所能及，必思有以观厥成！

图书在版编目（CIP）数据

经亨颐：要陶冶美的人格／经亨颐著. -- 北京：中国文史出版社，2025.5
（百年中国名人演讲）
ISBN 978-7-5205-4321-7

Ⅰ.①经… Ⅱ.①经… Ⅲ.①演讲-中国-现代-选集 Ⅳ.①I266

中国国家版本馆 CIP 数据核字（2023）第 181407 号

责任编辑：薛媛媛

出版发行：	中国文史出版社
社　　址：	北京市海淀区西八里庄路 69 号院　邮编：100142
电　　话：	010-81136606　81136602　81136603（发行部）
传　　真：	010-81136655
印　　装：	廊坊市海涛印刷有限公司
经　　销：	全国新华书店
开　　本：	880×1230　1/32
印　　张：	7　　　　字数：130 千字
版　　次：	2025 年 5 月第 1 版
印　　次：	2025 年 5 月第 1 次印刷
定　　价：	52.80 元

文史版图书，版权所有，侵权必究。
文史版图书，印装错误可与发行部联系退换。